IRMÃOS DAS ESTRELAS

GERALDO ROCHA

IRMÃOS DAS ESTRELAS

ns

São Paulo, 2023

Editor: Luiz Vasconcelos
Gerente editorial: Letícia Teófilo
Produção editorial: Érica Borges Correa
Preparação: Diego Franco Gonçales
Revisão: Luciene Ribeiro
Capa: Homero Maurício
Diagramação e projeto gráfico: Manoela Dourado

Texto de acordo com as normas do Novo Acordo Ortográfico da Língua Portuguesa (1990), em vigor desde 1º de janeiro de 2009.

Dados Internacionais de Catalogação na Publicação (CIP)
Angélica Ilacqua CRB-8/7057

Rocha, Geraldo
Irmãos das estrelas / Geraldo Rocha. -- Barueri, SP : Novo Século Editora, 2023.
208 p. il.

ISBN 978-65-5561-578-4

1. Ficção brasileira I. Título

23-2504 CDD B869.3

Índices para catálogo sistemático:
1. Ficção brasileira

uma marca do Grupo Novo Século

GRUPO NOVO SÉCULO
Alameda Araguaia, 2190 – Bloco A – 11º andar – Conjunto 1111
CEP 06455-000 – Alphaville Industrial, Barueri – SP – Brasil
Tel.: (11) 3699-7107 | E-mail: atendimento@gruponovoseculo.com.br
www.gruponovoseculo.com.br

Agradecimento especial
à escritora e parceira
Marina Mafra, que
revisou o manuscrito,
ajudando a conduzir a
narrativa de forma fluida e
consistente. A ela, todo o
reconhecimento e carinho.

SUMÁRIO

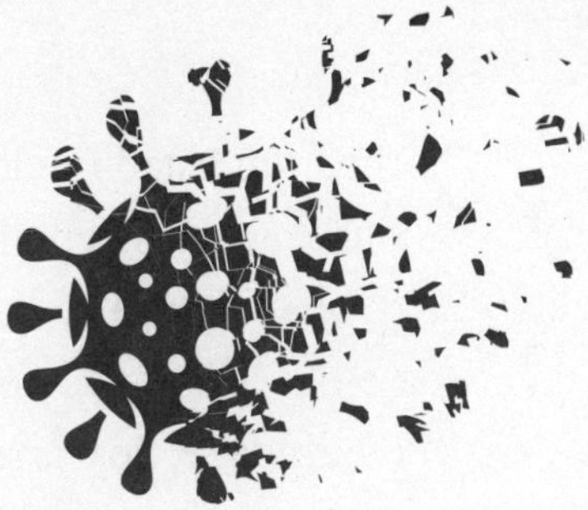

PRÓLOGO

> Todo aquele que se dedica ao estudo da ciência chega a convencer-se de que nas leis do Universo se manifesta um Espírito sumamente superior ao do homem, e perante o qual nós, com nossos poderes limitados, devemos humilhar-nos.
>
> Albert Einstein

James terminou o expediente naquela sexta-feira tão motivado quanto se estivesse no seu primeiro dia de trabalho. O escritório ocupava todo o sexto andar do imponente One River Walk Place, localizado entre a N. St. Mary's Street e a Navarro's Street. Com sua fachada de vidro fumê, o prédio é um dos endereços mais privilegiados de San Antonio. Ali estão instaladas as maiores companhias de negócios do estado do Texas, um dos maiores entre os cinquenta estados norte-americanos. A cidade tem mais de um milhão e meio de habitantes, sendo uma das mais populosas dos Estados Unidos. A maioria desse povo tem origens latinas ou hispânicas – o que faz sentido, já que a região foi colonizada pela Espanha e fazia parte do México até o ano de 1836, quando o Texas se tornou um estado independente. Poucos anos depois, a área foi anexada aos demais estados norte-americanos.

James nunca se cansava de admirar as belezas naturais da cidade, onde as construções históricas se misturavam à modernidade dos arranha-céus. Tendo sido no início um entreposto de abastecimento para o Velho Oeste, a cidade se tornou uma metrópole. A miscigenação cultural entre os descendentes de espanhóis, os norte-americanos e os europeus transformou San Antonio numa metrópole acolhedora, com forte impacto no turismo, no comércio e nas artes.

De manhã e à tarde, as margens do River Walk ficam apinhadas de gente fazendo longas caminhadas. À noite, a infinidade de bares e restaurantes as tornam um endereço certo para a diversão e o lazer. Essa parte da cidade se tornou um destino obrigatório para turistas e moradores. Outra atividade bastante interessante é conhecida como *paseo del rio*. São pequenas e médias embarcações que transportam turistas ao longo do curso do rio.

San Antonio abriga a antiga missão mexicana O Álamo, onde foi travada uma batalha épica pela independência do Texas. Por causa desse acontecimento histórico, o local passou a ser o ponto turístico mais visitado de todo o estado. Outro ponto de grande atratividade é o Hemisfair Park, que abriga a Torre das Américas – uma estrutura construída com mais de duzentos metros de altura, compreendendo um observatório e outras atividades de diversão e lazer. Ali funciona também um complexo de cinemas em quarta dimensão e restaurantes. É outro endereço bastante visitado pelos turistas.

Após terminar o Ensino Médio – ou *high school* –, James fez faculdade de administração de empresas. Em seguida, arranjou emprego na Eagle Trade, uma empresa de importação e exportação que mantinha uma rede de conexões internacionais e tinha sólida reputação no comércio exterior de grãos. Ele começou como *trainee*, depois passou a assistente comercial, e, por fim, chegou à posição de gerente sênior.

Sentia-se bem e realizado em seu trabalho.

Na sexta-feira, ele começou o expediente às sete horas da manhã e fez um intervalo de apenas quinze minutos para um rápido lanche. Em um dia de trabalho normal, ele consumia uma hora para almoçar com algum colega; entretanto, naquele dia havia muitos despachos a serem realizados, e ele não queria deixar assuntos pendentes. O semestre havia sido excepcionalmente bom para a companhia. Fizeram muitos negócios, alcançando excelentes resultados. Ele falava diariamente com parceiros de todas as partes do mundo, fechando negócios e estabelecendo relações comerciais.

Havia alguns meses que ele ensaiava tirar uma semana de férias, então combinou com o diretor que sairia na sexta-feira e voltaria no final da outra semana. Tão logo terminasse o expediente, ele e a namorada iriam para as montanhas. Desde sua época de faculdade, seu passeio predileto era explorar as imensas e inesgotáveis cavernas existentes na área rural de San Antonio, bem como pedalar pelas longas trilhas que entrecortam os montes, indo até a Texas Hill Country, uma região que vinha ganhando destaque por suas grandes vinícolas.

James era um típico rapaz norte-americano. Alto, forte e de olhos azuis, ele exibia um largo sorriso quando falava com as pessoas. O cabelo destoava um pouco de seus conterrâneos, pois tinha uma cor castanho-escura, herança materna. O pai havia sido oficial da guarda nacional. Ele serviu no destacamento da cidade de San Antonio, onde se casaram e tiveram o filho. Seu pai faleceu ainda jovem, aos 45 anos. James foi criado pela mãe.

Ele nasceu no distrito de La Villita, uma região turística da Old San Antonio, às margens do River Walk, que até hoje conserva a tradição dos colonizadores hispânicos. Belos prédios históricos, teatros, praças e casas típicas de adobe formam um conjunto arquitetônico único, de beleza incomparável. As ruas, com várias lojas de artesanatos, galerias de artes e restaurantes, mantiveram viva a sua história e também a ascendência asteca. Tem-se a impressão de que aquele local estacionou no tempo, e que nem parece fazer parte da sétima maior cidade do estado norte-americano.

Na área rural de San Antonio existem imensos sítios naturais: montanhas, cavernas, trilhas, cachoeiras. James conhecia caminhos quase inexplorados, onde a ação do tempo transformava a natureza em espetáculos de gigantesca beleza natural. Muitas vezes, ele atravessou sozinho grandes depressões de montanhas e longas trilhas durante suas aventuras. Já ficara dias pedalando por aquelas paisagens inesquecíveis, e não se cansava de andar pela infinidade de grutas e caminhos subterrâneos.

Naquela semana de descanso – do trabalho, ao menos –, ele iria desfrutar com Claire, sua namorada.

Eles se conheceram em uma manhã de setembro, durante uma corrida matinal pelas margens do River Walk. Já no final da corrida, quando ele diminuía o ritmo e começava a parar, observou uma moça de esvoaçantes cabelos loiros passando na margem oposta do rio. Sentindo o coração disparar, James trotou vagarosamente até a próxima ponte e ficou a esperá-la.

Sorrindo, ele a abordou:

– Você corre sempre por essas bandas? Nunca a vi por aqui – disse ele, tentando uma aproximação.

– Eu também nunca vi você. Parece que somos principiantes – ela respondeu.

James entendeu a ironia e continuou:

– Muito prazer, meu nome é James.

– O prazer é meu, me chamo Claire.

Um jantar veio logo depois daquele primeiro encontro, e eles não quiseram mais se separar. A química perfeita que faz com que os casais queiram ficar sempre juntos tomou conta deles. Ela também gostava da natureza, das caminhadas e das trilhas. Já havia se aventurado em uma viagem pelo Grand Canyon, e sempre que podia estava se exercitando.

Ele, com 31 anos, e ela, com 26, estavam no auge da juventude. Prontos para aventuras e descobertas.

Saindo do escritório, James passou em casa, pegou suas roupas e a mochila. Acomodou a barraca de camping no bagageiro da caminhonete e, depois de fechar a tampa, fixou as duas bikes, a dele e a de Claire, no suporte traseiro.

Seguiu para o endereço da namorada, que já o esperava. Ela acomodou suas coisas no banco de trás e sentou-se ao lado dele, dando-lhe um beijo carinhoso enquanto tomavam a estrada em direção às montanhas.

– Já está anoitecendo, amor. Vamos pegar um trânsito daqueles até os limites da cidade. Que horas você acha que chegaremos?

James observou aquela infinidade de carros, todos seguindo vagarosamente na mesma direção, e respondeu:

– O mais complicado é esse trânsito urbano. Acredito que na rodovia serão umas duas horas e, naquela estrada vicinal, mais uma hora. Chegaremos por volta das nove da noite.

– Tomara que não aconteça nenhum engarrafamento. E que o camping não esteja muito cheio – ponderou Claire. – Não gosto quando o local fica muito bagunçado – completou.

James acenou com a cabeça, concordando, e respondeu:

– Não deve ter muita gente. A maioria chega no sábado após o almoço e fica até domingo. Hoje teremos um pouco de tranquilidade, eu espero.

Chegaram no camping na hora prevista. O local onde costumavam ficar era cercado por uma densa floresta e margeado por um riacho cristalino. As trilhas de bike iniciavam um quilômetro antes, e de vez em quando, alguns ciclistas passavam pela estradinha estreita. Eles não eram vistos de onde estavam, mas podiam observar todos os que chegavam. Após armar a barraca, comeram um lanche trazido por Claire e se prepararam para dormir. O dia havia sido bastante cansativo, e na manhã seguinte queriam levantar com o raiar do sol para aproveitar o máximo que pudessem. O tempo estava frio. Eles se agasalharam, ficaram bem juntinhos, trocaram beijos e adormeceram.

Os primeiros raios de sol perpassavam entre as árvores e adentravam com força no interior da barraca. O calor acordou James. Ele se espreguiçou, beijou Claire no rosto e disse:

– Perdemos o horário. Acho que o cansaço era maior do que previamos. Vai ser um dia quente hoje. Está animada?

Ela rolou de um lado para outro no colchonete, abrindo os olhos sonolentos. Em tom de galhofa, respondeu:

– Hum... esse colchãozinho está tão gostoso. Vontade de ficar aqui até mais tarde. O que você acha?

Ele puxou o cobertor franzindo o cenho e disse:

– Levanta, sua preguiçosa. Já passa das oito. Vamos perder o melhor do dia se você não acelerar.

– Está bem – ela saltou, ainda bocejando.

Comeram um sanduíche de pão de batata acompanhado com iogurte, e em seguida começaram a se preparar para sair.

Enquanto ela vestia as roupas de pedalar, ele desceu as bicicletas do suporte, ajustou os selins, verificou os freios e pegou algumas garrafas de água.

Saíram e pedalaram por mais de duas horas, com o Sol ficando cada vez mais quente. Por volta das onze horas, chegaram à primeira caverna que iriam explorar. Fixaram as bikes em uma barra de ferro instalada na entrada e adentraram a cavidade da montanha.

Os caminhos dentro dos túneis subterrâneos eram estreitos e cheios de depressões. Às vezes, quando os raios de sol penetravam por algumas fendas, delineavam estranhas figuras nas rochas, formando verdadeiros mosaicos naturais. Nesse momento, eles tinham a impressão de estarem num outro planeta.

Quando sentiram fome, já passava das três horas da tarde. Pararam para lanchar e Claire aproveitou para checar as imagens da câmera fixada em seu capacete. Na parte frontal havia uma lanterna que ligava automaticamente quando escurecia. As imagens ficavam ainda mais bonitas, a depender do ângulo em que eram tomadas.

Após horas de caminhada, eles voltaram ao ponto de partida, pegaram as bikes e pedalaram de volta para o acampamento.

O Sol estava se pondo e o reflexo sobre a montanha trazia uma imagem surreal. Uma miscelânea de cores se misturando ao verde das matas. Imagens multicoloridas que se apagavam aos poucos. Chegaram ao camping quando o dia já se deitava no horizonte. James ligou o fogão de campanha, esquentou uma chaleira de água e misturou café solúvel. Pegou as fatias de pão de forma, amassou uma contra a outra e adicionou bacon com muçarela.

Claire elogiou o arranjo gastronômico do namorado, se divertindo com sua habilidade de cozinheiro.

– Está delicioso, meu amor. Não poderia ter um jantar melhor do que esse. Faz inveja aos maiores chefs.

Ele balançou a cabeça, olhando-a de soslaio. Duvidava que ela dizia a verdade.

– Acho que sua fome está tão grande que qualquer coisa fica gostosa. Quero ver você comer isso todo dia – brincou.

Ela jogou um beijo para ele e devorou o sanduíche.

Haviam feito muito esforço durante o dia, precisavam repor as energias e as necessidades do corpo. Antes que a noite chegasse de vez, eles tomaram banho no pequeno riacho. A água estava congelante, e ficaram apenas o tempo necessário para a higiene básica. Depois, se aconchegaram no colchão e fizeram amor, adormecendo em seguida.

James acordou sobressaltado no meio da noite. Ele não sabia se fora um sonho ou se tivera um pesadelo. Tentou organizar a mente para entender o que tinha acontecido.

Uma luz forte, com raios azulados, penetrara no interior da barraca. Ele tentou abrir os olhos e não conseguiu. Como uma miragem, viu uma figura densa se movimentar lentamente por cima de sua cabeça. Era como aquelas imagens de fantasmas nos filmes de terror, que vão e voltam flutuando no espaço. Aquela coisa chegou muito perto e sussurrou algumas palavras que ele não conseguiu entender. Sentiu como se um bafo quente soprasse sobre sua cabeça, tocasse em seu rosto e depois se afastasse lentamente.

Quando conseguiu abrir os olhos, tudo era escuridão. Piscou algumas vezes para se acostumar com a ausência da luz. Quando a visão se ajustou, não viu nada. Apenas o teto azul da barraca que se destacava, iluminado pela lua. Virou-se para o lado e avistou Claire, que dormia profundamente.

Abriu o zíper da lona e colocou a cabeça para fora, olhando para um lado e para o outro. Tudo estava calmo e silencioso. O céu estrelado projetava milhões de pontinhos luminosos no espaço. Apenas o barulho do vento soprando na copa das árvores quebrava o silêncio da noite.

Uma estrela chamou sua atenção. Brilhava mais que as outras e parecia estar muito perto. Olhando para a estrela, teve a impressão de que ela se movimentava. Pensou ser uma ilusão de ótica.

Recolheu a cabeça de volta para dentro e olhou para o relógio. O ponteiro marcava duas horas da madrugada. Ainda tinha muito tempo até o amanhecer. Tentou dormir novamente, mas o sonho ou pesadelo não o deixava relaxar. O que seria aquilo? Por que parecera tão real? Não conseguia parar de pensar na luz forte, na imagem difusa, como se estivesse envolta em um véu, nas palavras que não entendera e naquela estrela tão próxima, com brilho tão intenso.

Fechou os olhos e um leve torpor tomou conta do seu corpo. De repente, tudo se repetiu, só que dessa vez com muito mais nitidez. O clarão intenso iluminou a tenda, e os feixes azulados penetravam por entre a cobertura como canhões de raio laser. Sentiu uma leve pressão sobre a cabeça e uma forte presença dentro da barraca.

James tentou se mexer e não conseguiu. As palavras agora soavam claras em sua mente. Uma mensagem telepática sussurrava em seu subconsciente. A voz no sonho lhe dizia:

– Muitas pessoas vão sofrer, um tempo sombrio está para chegar. Tudo vai acontecer de repente. Você será um mensageiro do bem. Eles precisam entender que tudo vai mudar, nada será como antes…

Ele despertou com o corpo suando e pulou do colchão. Claire acordou com o movimento e perguntou o que estava acontecendo.

– Não sei, meu amor. Tive um sonho muito esquisito. Era como se alguém falasse dentro da minha mente. Senti uma energia muito forte, como se houvesse uma presença no interior da barraca.

Claire passou as mãos pelos cabelos dele e tentou acalmá-lo:

– Você está muito cansado, meu amor. Deve ter sido um pesadelo. Às vezes isso acontece. Relaxe e tente dormir.

– Não foi um pesadelo! Eu tinha sonhado a mesma coisa antes, levantei, olhei lá fora e não vi nada. Deitei novamente e, quando comecei a adormecer, tudo aconteceu outra vez.

– O que você sonhou, meu amor?

– Uma luz forte como um farol clareou tudo. Mesmo vendo a luz, eu não conseguia abrir os olhos. Parecia que tinha alguém ao meu lado, dizendo que as coisas iriam mudar, que haveria muito sofrimento e que, no final, tudo iria ficar bem. Disse que eu seria um mensageiro, e que nada seria como antes. Depois foi sumindo devagar e desapareceu. Então eu acordei.

James acendeu a lanterna e passeou com o facho de luz pela barraca. Tudo estava em perfeita ordem. Claire olhava para ele com os olhos arregalados:

– Seu nariz está sangrando. Você bateu em alguma coisa?

Ele passou as costas da mão no nariz, deixando a pele suja de sangue. Pegou um guardanapo e, enquanto limpava, comentou:

– Não sei o que se passou. Não bati com o rosto em lugar nenhum e também não senti nenhuma dor, nada.

Ela o observava em silêncio, então ele continuou:

– E foi muito estranho mesmo. Eu conseguia sentir, ouvir e ver tudo simultaneamente. Era como se estivesse dormindo e, ao mesmo tempo, acordado. Parecia estar em outro lugar. Foi uma visão surreal, inimaginável. Era como se quisessem me transmitir uma mensagem – completou, em uma espécie de transe.

Claire se levantou e serviu um copo com água para o namorado. Ele bebeu todo o líquido e ambos ficaram em silêncio por alguns segundos.

– Durma, meu amor. Vamos descansar. Amanhã conversamos melhor – ela tentou acalmá-lo. Depois pegou o copo e deixou-o ao lado do colchão.

James deitou-se, cruzou as mãos na nuca e ficou observando o teto da barraca. Claire percebeu a inquietude em suas feições, apagou a lanterna e recostou-se em seu peito. Ele, com os olhos abertos, fitava a escuridão e tentava assimilar os acontecimentos. Não fora um sonho, tampouco um pesadelo. Algo muito estranho acontecera naquela noite, disso ele tinha absoluta certeza.

Por mais que pensasse, não conseguia decifrar; mas a mensagem estava clara em sua mente. Algo iria acontecer, as coisas iriam mudar e nada voltaria a ser como antes. Mas o quê? Ele seria o mensageiro, mas de quê? Tudo estava muito confuso.

Na manhã seguinte, assim que o Sol apareceu, eles prepararam o desjejum e saíram para mais um dia de aventura. Pedalaram por muitas horas e exploraram outras cavernas.

Depois de algum tempo, pararam para descansar. A tarde começava a se debruçar sobre o horizonte.

Olhando para o infinito, James exclamou:

– Que fascinante! Essas montanhas são misteriosas, meu amor. Parecem proteger segredos inimagináveis. Tenho uma sensação de impotência sempre que as admiro. São imutáveis, quase intocáveis. Privilégio de uns poucos que conseguem explorá-las.

– Você tem razão. Os rios e as pradarias são acessíveis. Já as montanhas são uma conquista para poucos. Com certeza guardam segredos milenares que ninguém nunca irá descobrir – concordou Claire.

Ela se virou, abraçou-o carinhosamente e perguntou:

– E como você está se sentindo? O episódio de ontem ainda te incomoda?

– A minha cabeça está pesada, como se estivesse de ressaca, e de vez em quando uma leve tontura me acomete. Nunca havia sentido essas coisas antes. Também pode ser pelo fato de ter dormido pouco durante a noite. Acho que logo vai passar, não se preocupe.

– Vai passar, sim, meu amor. Se você quiser, eu trouxe um analgésico, pode ser bom para aliviar os sintomas.

– Não é necessário, querida. Agradeço de qualquer forma. Vou ficar bem – arrematou ele.

Dois dias depois, ele decidiu levantar acampamento e convidou a namorada para irem embora. Perdera o entusiasmo com a aventura que tanto tinha esperado. Seus pensamentos estavam grudados naqueles acontecimentos. Algo realmente iria acontecer, ele já se convencera. Só não conseguia saber o que era, ou como ele se encaixava naquilo.

Aquela estrela brilhante e muito próxima chamara sua atenção. Imaginou que poderia ser a "estrela d'alva", nome popular do planeta Vênus; mas, pensando melhor, ele se lembrou de que havia um movimento naquele ponto luminoso. Como se a "estrela" se movesse vagarosamente para um lado, para outro, para frente e para trás.

Poderia haver alguma conexão entre o que acontecera e aquela estrela? Ou seria tudo fantasia?

Chegaram à cidade no final do dia, e no dia seguinte ele foi para o trabalho. Tinha uma viagem marcada para a semana seguinte, para fechar um contrato de exportação. Começou a pensar se talvez não tivesse sonhado mesmo. Procurou se concentrar nas tarefas e em preparar os papéis necessários para a reunião de negócios. Não poderia ficar preso em algo que não sabia explicar, e não havia como obter respostas.

A vida continuava.

Capítulo I

E um dia os homens descobrirão que esses discos voadores estavam apenas estudando a vida dos insetos...

Mário Quintana

O avião taxiou na pista em direção à plataforma de estacionamento do aeroporto internacional de Dubai, nos Emirados Árabes Unidos. No dia anterior, James se deslocou de carro, vencendo os mais de trezentos quilômetros que separam San Antonio do Aeroporto Internacional de Houston, e de lá pegou um voo direto para Dubai, com duração de treze horas. Alguns clientes o esperavam para o fechamento de vários contratos de exportação. Os países árabes demandavam grande quantidade de alimentos e eram clientes preferenciais.

Durante os dois primeiros dias de viagem, ele não se lembrou dos fatos ocorridos no acampamento. Falava com Claire assim que retornava ao hotel e reportava-lhe os acontecimentos. Ela também evitava tocar naquele assunto.

Esperava que ele tivesse superado, pois para ela aquilo não passara de um pesadelo.

Na véspera de seu retorno aos Estados Unidos, ele se sentou para tomar um café no lobby do hotel e rememorou os fatos acontecidos durante o passeio na montanha.

Recordou que caminharam por longos trechos de cavernas, e nesses locais a realidade é bastante diferente do ambiente normal. Formações rochosas com paredões simetricamente talhados na pedra, grafismos e marcas feitas com paciência, como se se alguém quisesse deixar mensagens, ou quem sabe contar histórias de outras civilizações. Ele e a namorada discutiam várias teorias sobre o assunto, mas acreditavam que se tratava de caprichos da natureza. Muitas lendas eram contadas, programas de televisão e livros já haviam sido escritos, defendendo a presença de seres de outros planetas em determinadas épocas e lugares. Só que, para James, isso não passava de fantasia.

Chegou a pensar que ficara impressionado com os mistérios da montanha, e daí teriam derivado os sonhos. Mas o sentimento e as sensações foram tão fortes que acreditava terem sido reais.

Subiu até o quarto do hotel, para repousar. Tomou um banho quente e se deitou. No outro dia o voo sairia bem cedo e precisava estar pronto. Após telefonar para Claire e se despedir, ligou a televisão. Colocou em um canal que apresentava um programa que parecia um documentário e falava sobre a possibilidade de visitas extraterrestres. Mostrava inscrições em cavernas e lugares místicos. James achou interessante e continuou assistindo por um tempo, comparando com aquelas marcas observadas no passeio que fizera.

Depois de um tempo acabou adormecendo. Teve uma visão estranha, na qual caminhava pela calçada de uma grande avenida de uma cidade qualquer.

Poderia ser Londres, Nova Iorque ou São Paulo. Muita gente, muitos carros, barulho incessante. Às vezes ele parava, observando as pessoas que caminhavam. Elas agiam como autômatos, e não tomavam conhecimento de sua presença. Ele tentava falar com elas, mas ninguém dava atenção. Seguiam em frente sem olhar umas para as outras. Distanciadas e silenciosas, seus rostos cobertos por máscaras escondiam a emoção e apenas os olhos transmitiam uma imensa angústia. Algumas mães seguravam as crianças pelo braço, mas não conversavam com elas. Parecia que as arrastavam.

Andavam distanciadas, sem demonstração de carinho ou afeto, apenas desespero e sofrimento.

Continuou olhando ao redor, até que avistou uma moça do outro lado da rua que não parecia fazer parte daquele cenário. Ela observava tudo à sua volta. Assim, quando seus olhares se cruzaram, ela arregalou os olhos e em segundos começou a correr em sua direção.

Vestia uma calça azul e uma blusa colorida, em tons de vermelho. Os cabelos ruivos, amarrados em duas fitas laterais, e uma bota de campanha completavam o estilo bem descolado. Seu rosto não estava encoberto pela máscara, o que a diferenciava ainda mais da multidão.

Ela atravessou a rua com agilidade, desviando-se dos carros.

– Você consegue me ver?! – soltou, um pouco ofegante, ao se aproximar. Não foi exatamente uma pergunta, então James não soube o que dizer de imediato.

Ao observar a garota com atenção, ela lhe pareceu familiar. Teve que fazer um esforço para buscar na memória de onde a conhecia.

Lembrou-se de já tê-la visto em outros sonhos, assim como outros rapazes, mas de maneira fugaz. Agora, ao se falarem, era como se fossem amigos, parceiros de trabalho ou conhecidos.

– Si... sim. E você? – ele gaguejou.

– Acho que também, né? – ela brincou. – Me chamo Cindy.

Ele sorriu pelo jeito da moça e pela familiaridade que pareciam dividir, mas a coisa não deixava de ser estranha.

– James, sabe por que estamos aqui?

– Não faço ideia.

De repente, o sonho se misturou com outras realidades. James se viu dentro de um trem em alta velocidade, e as pessoas se comportavam como se tivessem em algum tipo de transe. Uns sentados, outros de pé, mas ninguém falava ou interagia.

Depois adentrou um imenso parque, onde dezenas de pessoas estavam sentadas na grama. Mesmo que o dia estivesse claro, com o Sol brilhando intensamente, elas não brincavam e nem sorriam. Aquela máscara cobrindo o rosto parecia uma proteção para esconder sentimentos, ou talvez para evitar a aproximação indesejada de outras pessoas. Continuavam exalando tristeza e sofrimento.

A garota apareceu novamente, mas dessa vez não disse nada; ficou apenas observando, e logo desapareceu entre a multidão.

Os devaneios continuaram e o parque desapareceu, dando lugar a uma grande montanha com imensas paisagens de cor esverdeada.

A visão ficou turva, e ele sentiu uma tontura inesperada. James sentou-se na grama e aquela mesma voz invadiu sua mente, dizendo:

– Procure por eles, encontre-os. Vocês precisam entender que tudo vai mudar. Fiquem atentos!

James acordou e foi acometido pela mesma sensação que tivera no acampamento. Instintivamente, passou a mão no nariz e detectou um filete de sangue escorrendo. Levantou-se, caminhou até o banheiro, lavou o rosto e ficou remoendo tudo outra vez.

Pessoas tristes, compenetradas, sofridas. Longe umas das outras, sem se tocarem ou sequer se olharem. A impressão que tinha era de que elas estavam amarguradas, desesperançadas, e não sabiam como reagir. O rosto coberto por máscaras pretas, brancas, vermelhas e cinzas eram o retrato do distanciamento.

Queria entender quem era Cindy e por qual motivo conseguiram interagir, enquanto as demais pessoas pareciam alienadas.

O pior de tudo era não saber onde procurar respostas, mas ficava cada vez mais convencido de que não eram apenas sonhos.

Quando o dia amanheceu, levantou-se e foi tomar o café. Logo mais dirigiu-se para o aeroporto. Quando o avião decolou, só pensava em chegar em casa, rever Claire e esquecer aquela maluquice.

A viagem durou mais de doze horas. Quando chegou em casa já era de madrugada. Após desembarcar em Houston, ele ainda dirigiu até San Antonio. Estava muito cansado. No avião adormeceu várias vezes, e em todas teve a impressão de que as vozes continuavam martelando sua cabeça, mas não conseguiu distinguir o que falavam. Palavras desconexas, paisagens desconhecidas, pessoas nunca vistas.

No dia seguinte, acordou por volta das dez da manhã e telefonou para Claire. Foram almoçar em um restaurante perto do rio. Contou a ela sobre as aparições, sobre o turbilhão de pensamentos que passavam por sua cabeça.

– Começo a ficar preocupado – desabafou.

O sonho no qual a garota Cindy aparecia era tão real que, se a visse atravessando a rua, logo saberia que era ela.

Claire sentia-se impotente em não poder ajudar.

– Não sei o que dizer, querido. Tenha calma, que tudo vai se esclarecer.

Para ela, desde os primeiros eventos, tudo parecia muito estranho. Não queria parecer incrédula, mas esses sonhos ou visões não faziam sentido.

O que ela podia fazer era ficar ao lado dele, transmitindo energia positiva, e esperar que as coisas evoluíssem para a normalidade.

James tentou seguir com a rotina do trabalho. Entretanto, a concentração ficou prejudicada, pois não conseguia se desligar dos estranhos acontecimentos que estava vivendo.

Capítulo II

> E reze para que haja vida inteligente em algum lugar do espaço, porque aqui na Terra só tem idiotas por todo lugar.
>
> Eric Idle

Cindy era uma garota bastante tranquila. Ruiva de olhos verdes, seu cabelo repartido ao meio descia pelos ombros em duas longas tranças. As pontas amarradas com miçangas lhe davam uma aparência juvenil. Quase nunca tirava os óculos escuros, mesmo quando o tempo estava nublado. Os colegas achavam que era parte do visual, mas ela tinha fotofobia, um distúrbio comum em pessoas de olhos claros. A luz se dispersa quando entra pela retina, dificultando o foco e causando incômodo. Com 25 anos incompletos, ela morava em Sidney, na Austrália, com a mãe e o padrasto.

Os pais dela faziam parte da geração nascida na década de 1970 e se conheceram ainda muito jovens. Participavam de um festival de música alternativa muito comum na região, quando se encontraram pela primeira vez. Naquele tempo, as bandas de rock promoviam eventos e festivais onde moças e rapazes exageravam na bebida e compartilhavam entorpecentes. Do envolvimento ao sexo casual, evoluíram para o relacionamento definitivo e foram premiados com o nascimento da garota. Continuaram participando dos eventos, levando a menina a tiracolo. Ela cresceu naquele ambiente descolado, interativo e bastante harmonioso.

Seus pais acreditavam em um estilo de vida tranquilo, regado com amor e interação com a natureza. Apesar de não serem típicos hippies, eles adotavam parte da filosofia desse pessoal, principalmente o desapego aos bens materiais e à ascensão social. Trabalhavam para o sustento básico da família e pronto. Pensavam que o futuro seria aquilo que tivesse de ser.

Filha única, Cindy não conviveu muito tempo com seu pai. Ele faleceu quando ela tinha 12 anos. Certo dia, quando se dirigiam para uma área de camping nas montanhas, o carro derrapou em uma estrada sinuosa. Seu pai perdeu o controle da direção. O carro rodopiou algumas vezes, saiu da estrada e bateu de frente com uma árvore. Ele morreu na hora. Cindy e sua mãe saíram do acidente com escoriações, nada muito grave. Foi uma época difícil, que elas nunca superariam completamente, mas seguiram em frente.

Quatro anos depois do acidente, sua mãe conheceu um homem que entregava compras do supermercado. Começaram a namorar, e alguns meses depois se casaram. O relacionamento entre padrasto e enteada nunca foi amistoso. Ela sentia a ausência do pai, e talvez imaginasse que o padrasto usurpava o lugar dele. Podia também ser por ciúme da mãe, que passou a dividir as atenções, antes somente dela.

Tratavam-se como dois conhecidos, sem afeição, e isso não ajudou em nada para a formação de um novo núcleo familiar. Apesar dessa pouca afinidade com o padrasto, a jovem entendia que a vida era de sua mãe, e que de alguma forma ela precisava seguir em frente; por isso tratou de não complicar ainda mais a situação.

Cindy se concentrava nos estudos e cuidava de Jack, seu cãozinho de estimação – um cavalier king charles spaniel marrom, com manchas brancas e olhos tristes. Muito sagaz, ele parecia entender a importância de sua companhia para a dona. Ficava ao seu lado quietinho, enquanto ela estudava. Quando o chamava para passear, ele fazia festa. Pulava e latia como se fosse para uma aventura. Jack era seu companheiro inseparável desde que ela completara 15 anos, quando o recebeu como um presente de sua mãe.

Logo que terminou o Ensino Médio, Cindy passou a frequentar a faculdade de artes e arranjou emprego em um shopping no centro da cidade. Esperta e comunicativa, falava com todo mundo e se dava bem com os amigos. Nos finais de semana à noite, saía para se divertir com os colegas de faculdade e do trabalho. Herdara dos pais o gosto pela música e adorava ouvir as bandas de rock que tocavam ao vivo nos bares e restaurantes onde os amigos se reuniam para tomar cerveja.

Naquele sábado, Cindy chegou do trabalho, entrou para o quarto e recostou-se na cama para relaxar.

Trabalhara em pé durante seis horas e estava bastante cansada. Colocou os fones de ouvido, e uma música suave embalou seus pensamentos. Sem perceber ela adormeceu, e o som da música foi substituído por uma voz que falava diretamente na sua mente:

– Algo terrível está se aproximando. Haverá muito sofrimento. Mas você terá nas mãos o poder de findá-lo. Encontre os outros…

Ela despertou com um pulo. Sentou-se na cama e limpou o suor da testa.

Durante o sonho, sentiu que, além das vozes, uma forte presença ocupava seu quarto. De alguma forma, não estivera sozinha. Contou para sua mãe, que não deu muita importância, aconselhando-a a esquecer.

– Devem ser os ETs preocupados com a destruição do meio ambiente. Eu também tenho esses sonhos estranhos.

– Você sempre diz isso, mamãe! Não estou falando desses programas que assistimos nas plataformas de filmes on-line. Estou dizendo que alguma coisa esteve no meu quarto e falou dentro da minha mente.

– É assim mesmo que eles se comunicam, minha filha. Por telepatia! Seu pai teve esses pesadelos muitas vezes.

– Não foi um pesadelo. Tenho a impressão de que era uma mensagem – disse. – E esse negócio de encontrar os outros? Eu fico assustada com isso – completou.

– Que outros, Cindy?

Ela não respondeu. Aquele sonho e as considerações de sua mãe fizeram com que ela voltasse no tempo. Lembrou-se de que crescera ouvindo os pais falarem que acreditavam em discos voadores, vida extraterrestre e todas as coisas ligadas ao espaço sideral. Depois da morte do pai, sua mãe contou que ele acreditava ter sido abduzido quando ainda jovem, e tivera muitos outros contatos com civilizações de outros planetas. Cindy até achava o assunto interessante, mas não levava tão a sério.

Poderia existir algo por trás da imensidão do Universo, e que em algum momento seria descoberto? Sim, fazia sentido. Conhecia os relatos sobre a Área 51, no deserto de Nevada – onde, segundo os depoimentos, o governo dos Estados Unidos guardava naves e corpos de seres alienígenas. Entretanto, não eram assuntos de seu interesse. Cindy era uma jovem comum, como tantas outras: preocupada em viver em paz, trabalhar e se divertir. Mesmo quando conversava com sua mãe, achava que essas coisas de alienígenas e espaço estavam muito distantes da realidade em que viviam. Considerava que essas teorias faziam parte da imaginação das pessoas.

Mas a experiência havia sido com ela e, diante de tudo que sentira, não conseguia acreditar nas suas próprias convicções. Era no mínimo curioso e, com certeza, absolutamente estranho.

Alguns dias depois, enquanto dormia, sentiu novamente as mesmas sensações. As palavras sussurradas em sua mente por aquelas vozes eram um pouco desconexas; mas davam a entender que era preciso se preparar para o pior, e que ela e outras pessoas poderiam ajudar.

No último sonho, encontrara um homem chamado James, que não sabia quem era, mas tinha a impressão de que se conheciam há muito tempo. Também viu pessoas sofridas, cidades devastadas e muita gente em desespero.

Era tudo muito esquisito.

Não entendia o que se passava, mas começava a cultivar a certeza de que algo realmente aconteceria. Precisava descobrir o que era.

Começou a pesquisar na internet, mas não encontrou nada que fizesse sentido. Cada vez que dormia, os sonhos eram mais reais, com vozes alertando sobre uma calamidade e que depois tudo seria diferente.

James era a primeira pessoa com quem conseguira conversar. Ficou arrasada pelo fato de ter sido uma comunicação tão estranha, pois gostaria de ter perguntado se ele estava ali passando pelo mesmo que ela. Não sabia se teria outra chance.

Em todos os sonhos, sentia uma forte presença em seu quarto. Uma energia desconhecida tomava conta do ambiente e fazia com que se sentisse fora do planeta. Luzes, formas densas com movimentos leves e sinérgicos. Quando acordava, era como se nada tivesse acontecido, a não ser as lembranças, a sensação de entorpecimento e um pouco de sangue que escorria de uma das narinas.

Capítulo III

O que é mais assustador? A ideia de extraterrestres em mundos estranhos, ou a ideia de que, em todo este imenso universo, nós estamos sozinhos?

Carl Sagan

O Sol não apareceu naquela manhã cinzenta em Shangai, na China. Uma neblina seca tomava conta do ambiente e um vento frio soprava sem parar. Os transeuntes eram obrigados a usar agasalho em suas incursões pelas ruas e no caminho para o trabalho. Li Chung, a bordo do trem que saía do subúrbio bem cedo, fazia o trajeto entre sua casa e o centro de distribuição da companhia em que trabalhava.

Como entregador, ele pilotava uma motoneta vermelha, equipada com uma caixa de tamanho médio, na qual acondicionava as encomendas. A caixa tinha o nome da empresa se destacando dos dois lados em adesivos colados, que às vezes ficavam desgastados pelo tempo. Sua especialidade eram as compras menores que ocupavam pouco espaço e deveriam chegar no destino rapidamente – objetos perecíveis e pequenos equipamentos eletrônicos. Pelas contas que já fizera, ele acreditava rodar mais de trezentos quilômetros todos os dias. Uma rotina estafante, mas ele gostava do que fazia e sentia-se feliz.

Li Chung vinha de uma família pobre. Seus pais nasceram no campo, assim como seus avós. O destino traçado para ele era continuar a labuta da mesma forma que seus antepassados fizeram. Isso era uma tradição, e romper tradições na China não era nada fácil. Entretanto, ainda cedo, com 16 anos, ele decidiu que iria para a cidade trabalhar, e convenceu seus avós a se mudarem. Na verdade, eles já tinham a intenção de mudar de vida, e a decisão dele apenas acelerou os acontecimentos. Ele queria conhecer outras pessoas, lugares diferentes, batalhar por uma vida melhor e, quem sabe, com o tempo, poderia ajudar os velhinhos. Ainda não havia conseguido o que procurava, mas a primeira parte ele já desfrutava: mudara-se para a cidade, fazia um trabalho interessante, conhecia muitas pessoas e gostava de se relacionar com elas.

No final daquele dia, após deixar a motoneta na garagem da empresa, ele voltava para casa embalado pelo solavanco preguiçoso dos vagões. O vai e vem monótono da locomotiva levou-o a piscar os olhos, sonolento. Como morava perto da última estação, ele não corria o risco de descer na parada errada. Poderia cochilar sem preocupação. Quando o trem parasse, restariam poucos passageiros para desembarque e, caso estivesse dormindo, alguém com certeza o acordaria. Por isso não se preocupou em tirar aquela soneca reparadora.

Repentinamente, viu-se levitando. Completamente em transe, sentiu que uma energia desconhecida envolveu seu corpo. Com os olhos fechados, ele vislumbrava uma massa sedosa e disforme, parecida com um fantasma. Era como se alguém pressionasse sua cabeça. Uma voz ecoou:

– Prepare-se, porque tudo vai mudar. Haverá sofrimento, e nada voltará a ser como antes. Vocês precisam se encontrar, vocês são parte da solução.

Ele acordou com um sobressalto, chamando a atenção dos poucos passageiros que ainda estavam no vagão. Eles o olharam sem entender o que acontecia, e um deles apontou para algo em seu rosto. Ele passou a mão e sentiu um filete de sangue escorrendo pelo nariz. Estranho, pois não sentira nenhuma dor. O sonho fora tão real que parecia estar acordado.

Desceu do trem e caminhou para casa pensando como aquilo tinha sido esquisito. Um verdadeiro tsunâmi em sua mente.

Falou com sua avó sobre o acontecido e sobre as palavras que ele ouvira; entretanto, ela não lhe deu muita atenção, alegando tratar-se de pesadelo. Argumentou que ele trabalhava demais e deveria estar cansado, e aconselhou que ele não pensasse mais naquilo. Li Chung tentou ignorar o fato, e nos dias seguintes trabalhou sem nenhum incidente. Mas no sábado, quando estava em casa jogando videogame com um amigo, simplesmente deixou cair o joystick. Recostou-se na poltrona e adormeceu.

Seu colega abriu os braços em sinal de reprovação, mas ele não reagiu.

– Deixa pra lá, você ia perder o jogo mesmo – resmungou o amigo para si mesmo, continuando a jogar sozinho.

O sono acometeu-o de forma instantânea e a mesma claridade azulada penetrou na sala. As vozes diziam praticamente a mesma coisa, com a diferença de que via pessoas caminhando, em lugares que não conhecia. Um homem chamou-o pelo nome.

– Li Chung, precisamos nos encontrar, todos esperam a nossa ajuda. Não podemos esperar mais.

Ele o observou e teve a impressão de conhecê-lo, mas não conseguia recordar de onde.

– Mas quem é você? Por que estamos aqui? O que está acontecendo? Não estou entendendo nada. Do que você está falando?

– Eu me chamo Mário. Fomos escolhidos para socorrer as pessoas. Muita gente vai morrer, precisamos estar preparados para ajudá-las.

E tão rápido como apareceu, ele sumiu. O sonho o levou para outros lugares, onde as pessoas pareciam sofridas e angustiadas, andando por cidades vazias e evitando tocar nas outras.

Acordou alarmado e olhou para os lados, como se procurasse por alguém. Seu amigo apontou para o nariz, e ele percebeu que estava sangrando novamente. Limpou-se com a manga da camisa e, mais uma vez, não conseguiu assimilar os fatos que o acometeram enquanto dormia. Tampouco conseguiu compreender como adormecera no meio do jogo.

Alguma coisa diferente estava se passando com ele, e precisava descobrir o que era.

Mário completaria 38 anos dentro de alguns meses. Moreno de estatura média, mais para baixo do que para alto, pesava alguns quilos a mais do que o ideal. Vivia numa briga constante com a balança, tentando fazer as calças não parecerem tão apertadas. Quase todos os dias a esposa tinha que repor um botão da camisa, que segurava a barriga proeminente – consequência do chope que gostava de beber nos finais de tarde.

Ele nasceu no Peru, na região montanhosa de Machu Picchu, e tinha as feições típicas dos descendentes astecas. A família conservava as tradições herdadas dos antepassados, como o artesanato, o folclore e os trajes típicos. Quando jovem, ele atuava como guia turístico, acompanhando os visitantes em suas passagens pela região. Isso despertou nele a vontade de conhecer outros lugares e conseguir melhores condições de vida.

Mudou-se para Barcelona na esperança de logo trazer a família. Demorou dois anos para conseguir que a esposa e o filho viessem morar com ele. No início, trabalhava como motorista em um táxi alugado, e assim ficou conhecendo a cidade, de ponta a ponta. Obteve progressos em sua atividade profissional e conseguiu adquirir duas licenças para transporte de passageiros. Trouxera seu primo Pedrito, que ficou responsável por dirigir o segundo carro. Dessa forma, conseguiam manter as despesas e viver com certo conforto. No seu trabalho, gostava de conversar com os passageiros, principalmente turistas – oportunidades nas quais conseguia assimilar diferentes visões sobre o mundo e as pessoas.

Não sabia o motivo, nem como havia acontecido, mas ele tivera um sonho estranho, no qual viu pessoas sofrendo, lugares lotados, muita tristeza e apreensão. O sonho fora tão real que ele ficou impressionado por dois dias. Falou para a esposa que uma grande luz azulada entrara pelo quarto, uma mão apalpara sua têmpora e uma voz dissera dentro de sua mente:

– As coisas acontecerão de forma inesperada, haverá muito sofrimento. Você pode ajudar, procure os outros.

Nada daquilo fazia sentido para ele.

Notou o sangramento no nariz, e depois, quando o sonho se repetia, percebeu que apareciam pessoas que ele já conhecia, como o homem chamado James, que lhe dizia para procurar os outros. Em outro sonho apareceu um chinês e também uma garota de nome Cindy. Repetiam que muita gente dependia da atitude deles.

Mário relembrou as histórias contadas por seus avós, nas quais espíritos se apossavam das pessoas, tomando-lhes o corpo e a mente. Ele mesmo, quando jovem, presenciara diversos rituais de exorcismo em sua aldeia. Imaginou que poderia estar sendo alvo de forças estranhas, dominadoras, e isso o deixou muito preocupado.

Era tudo muito esquisito. E, por mais que tentasse entender, não conseguia encontrar um caminho. Como era muito religioso, buscou auxílio com o padre na igreja do bairro. O pároco aconselhou que rezasse para espantar os espíritos do mal que poderiam estar levando-o para caminhos desconhecidos. Mário ficou ainda mais angustiado. Por isso, seguiu as orientações do pároco, rezando todos os dias antes de dormir. Mas nada ajudava a acabar com os sonhos e sensações.

– Não sei o que se passa, Tereza. Essas visões aparecem logo quando eu pego no sono. E às vezes meu corpo fica sonolento no meio da tarde, então paro para descansar em alguma praça e parece que estou sonhando, mesmo sabendo que estou acordado – explicava para a esposa.

– Eu disse para o Pedrito que você precisa descansar, tirar umas férias e visitar nossos parentes. Você trabalha demais e isso vai fundir sua cabeça – retrucou ela.

– Não é o trabalho, Tereza. É uma coisa muito estranha. Vejo pessoas do mundo todo como se fossem robôs. E tem ainda uma moça e uns rapazes... Eles aparecem, falam comigo e depois somem.

– Vamos visitar algum parque, passear com as crianças e descansar. Você está vendo fantasmas por toda parte. E vou falar com o padre também. Ele pode fazer uma oração por você.

– Eu já falei com o padre, mulher. Ele não conseguiu me ajudar – finalizou Mário.

Não adiantava continuar a conversa. Ela não compreenderia. Nem ele sabia o que pensar. Mas, a cada dia que passava, as visões ficavam mais nítidas e consistentes.

O que lhe restava era esperar para ver o que aconteceria.

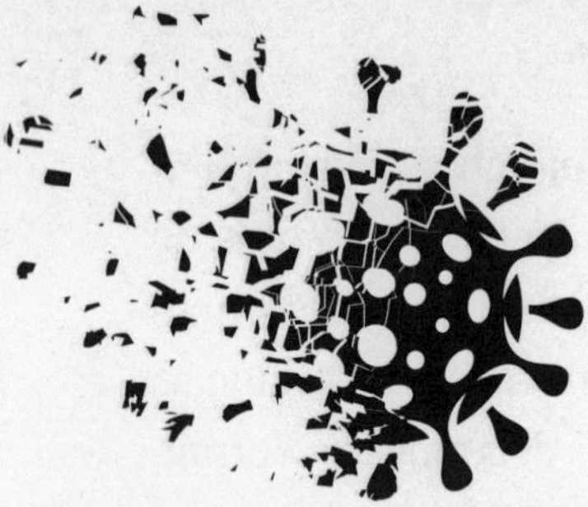

Capítulo IV

A diferença crucial entre deuses e extraterrestres parecidos com deuses não está em suas propriedades, e sim em sua proveniência.

Richard Dawkins

No segundo semestre do ano de 2019, início da primavera, James viajou para o Brasil. O país ocupava há vários anos um lugar de destaque entre os produtores mundiais de grãos. Milho e soja eram os principais produtos de exportação. Suas lavouras detinham as melhores tecnologias no setor de alimentos, e grande parte da safra nacional era direcionada para exportação.

Embora a empresa já tivesse um representante comercial em São Paulo, a cada semestre James ou algum de seus colegas do escritório central fazia uma visita de três dias ao país, para se relacionarem com os produtores e parceiros.

Logo que desembarcou no aeroporto de Guarulhos, James pegou um táxi e seguiu para o hotel, localizado na Vila Nova Conceição. O escritório ficava em um prédio próximo, na Avenida Brigadeiro Faria Lima, centro de negócios da capital.

A agenda do dia seguinte foi bastante concorrida, com muitos encontros e reuniões, além de um jantar de negócios com alguns fornecedores por volta das nove da noite. Tratariam das compras antecipadas de contratos, da cotação do dólar e outros assuntos relacionados a essas transações. James participaria de mais dois encontros, e depois retornaria para os Estados Unidos.

Durante o jantar, a conversa fluiu entre frivolidades e ajustes em pontos discordantes dos contratos. Durante a sobremesa, começaram a falar de outros temas, principalmente a política internacional e meio ambiente.

James abordou um assessor do Ministério da Agricultura que estava presente.

– Existe uma grande preocupação na Europa e também nos Estados Unidos sobre a proteção da Amazônia. A região é vital para o equilíbrio sustentável de todo o planeta. Pelas notícias que chegam até nós, está difícil implantar uma política de controle do desmatamento e das queimadas. Como isso pode afetar diretamente os preços dos alimentos, seria necessária uma atitude firme das autoridades. Como o senhor enxerga esse desafio? – perguntou ele.

Um pouco constrangido, o burocrata respondeu:

– As pessoas que veem o problema de fora não entendem como as coisas acontecem. Realmente temos dificuldades para exercer uma fiscalização e um controle efetivo, tendo em vista a dimensão territorial da Amazônia. No entanto, não se desmata ou se queima da forma como são alardeadas as notícias. O que prejudica são as ações dos desmatadores ilegais e aproveitadores.

James continuou:

– Eu acredito que o Brasil deveria liderar um consórcio de países, formando uma reserva financeira expressiva para bancar os investimentos necessários à fiscalização, reflorestamento e controle sobre esse território. Isso não é difícil de conseguir, pois existem recursos e os governos são sensíveis ao problema do clima. Não basta esperar as doações, é preciso acelerar o processo de parcerias.

Um outro participante do jantar interveio:

– Realmente é um desafio que deve ser enfrentado por todos os grandes fóruns internacionais, pois afeta diretamente a vida das pessoas. A Amazônia é o pulmão meteorológico do mundo. O que acontece naquela região afeta o mundo como um todo.

James concordou e acrescentou:

– Existem diversos estudos comprovando o prejuízo que a falta de cuidado com o meio ambiente causa ao planeta. Ecossistemas essenciais como a Antártica e a Amazônia não podem ser relegados a segundo plano. Se não nos preocuparmos agora, deixaremos um legado muito triste para nossos filhos e netos.

Um grande produtor de grãos aparteou:

– Nosso país desenvolveu tecnologia em agricultura, não havendo necessidade de desmatamento de regiões que devem ser preservadas. A destruição das florestas é uma ação deliberada de madeireiros, grileiros e gente mal-intencionada. Na verdade, o que precisamos é uma atitude do governo para proteger o bioma natural.

– E ainda tem a questão dos povos nativos, que vivem da exploração sustentável da floresta. As queimadas e o desmatamento afetam o seu modo de vida – afirmou James.

O assunto trazia um certo constrangimento à mesa, então alguém falou de política e de comércio exterior. Logo depois, o representante do Ministério da Agricultura se despediu. Depois de algum tempo, foi a vez de James.

– Muito bem, senhores, a conversa está agradável, mas amanhã tenho outros compromissos. Se me permitem, vou chamar um táxi e voltar para o hotel. Desejo um excelente final de noite para todos.

Ele saiu do restaurante, aproximando-se do carro que já o aguardava. O motorista abriu a porta para que se acomodasse. Durante o trajeto, James observava as luzes da cidade, os prédios e se perguntava: o que leva tanta gente a viver em espaços tão pequenos? Isso acabava gerando a necessidade de cada vez mais investimentos em infraestrutura para dar qualidade de vida aos moradores. Lembrou-se de todos aqueles sonhos e visões, imaginou o que poderia vir a acontecer caso as pessoas fossem afetadas.

Distraído, não percebeu que o motorista o observava pelo retrovisor.

– Boa noite, senhor. Meu nome é Carlos, espero que tenha feito uma boa viagem. O senhor está gostando do Brasil?

James olhou para o homem e, embora tenha sentido uma atmosfera amistosa, não observou nada além do seu jeito simpático. Nem o fato de saber que ele acabara de chegar ao país.

– Sim, a viagem foi tranquila. Eu gosto muito desse país. O povo é hospitaleiro e existem muitas coisas bonitas – respondeu, ainda distraído.

O motorista sorriu e depois de alguns segundos continuou:

– O senhor se chama James, não é?

Agora ele ganhara a atenção do passageiro que, após arregalar os olhos e observá-lo com mais atenção, notou uma certa familiaridade, mas não conseguia se lembrar de onde. Percebendo que James não respondia nada, brincou:

– Não se assuste. Seu nome apareceu em minha tela quando o senhor solicitou o táxi pelo aplicativo.

James respirou aliviado. Era uma prática comum dos aplicativos de transporte identificar as pessoas pelo nome. Se tivesse prestado atenção, também saberia o nome dele, a placa e o modelo do carro.

Carlos olhou pelo retrovisor e resolveu ser mais direto:

– Sr. James, eu sei sobre os seus sonhos, as luzes, a voz e os outros.

Dessa vez, o coração de James quase pulou do peito. Como ele poderia saber?

O motorista não esperou que ele respondesse e explicou:

– Como lhe disse, meu nome é Carlos e também venho tendo esses sonhos. Já sabia que iria encontrá-lo. Eles me avisaram que o senhor estaria aqui. Há outras pessoas como nós, que foram escolhidas para ajudar a humanidade.

James observou o que conseguia ver do rosto de Carlos pelo espelho.

– Agora me recordo. Você também estava nos sonhos, mas nunca nos falamos. Até pouco tempo, eu nem sabia que poderia me comunicar com qualquer um lá. – A última frase soou mais baixa, como se James falasse consigo mesmo.

Pacientemente, Carlos esperou que ele continuasse.

– Você pode me dizer o que está acontecendo? Quem avisou que eu estaria aqui? Do que se tratam esses sonhos? E agora, você me diz que existem outras pessoas. O que é isso que vai acontecer, e por que fomos escolhidos para ajudar? – arguiu James, sem fôlego por mal ter respirado durante o questionamento.

– Sim, eu sabia que você viria, assim como sei que os outros estão tentando entender os contatos que tiveram. Mas tudo será esclarecido no tempo certo. Nós temos missões a serem executadas, e esta é para poucos, privilegiados. Alguns têm a possibilidade de ter contatos mais efetivos; outros não, por serem muito céticos. A arrogância do ser humano não os deixa entender que não estamos sozinhos no Universo. Somos parte de uma constelação de seres muito especiais, mas a maioria não acredita.

James o escutava, mas aquilo parecia a pregação de uma pessoa que acreditava em seres alienígenas, ou qualquer coisa assim. Não havia novidade alguma, nem qualquer evidência de que Carlos tivesse algo de especial. A não ser – e isso era realmente inacreditável – o fato de ele saber sobre aqueles sonhos.

Resolveu tentar obter respostas mais uma vez:

– Carlos, o que vai acontecer? Por que tive esse sonho, que você diz que outras pessoas também tiveram? E qual o sentido de tudo isso?

James o observou fitá-lo pelo retrovisor e não soube distinguir se em seu olhar havia pena ou soberba. A impressão era de que Carlos sabia de tudo.

– O mundo vai ser atacado por uma praga terrível. Ninguém poderá escapar. Todos serão atingidos. Pobres, ricos, negros, brancos, velhos, jovens e crianças. Haverá muita dor e sofrimento, muitas mortes. No rastro dessa praga haverá fome e descrença, e nem o governo conseguirá suprir a necessidade da população. Somente a nossa atitude poderá minimizar essa tragédia. A imagem que vocês viram nos sonhos é o retrato do futuro. Pessoas tristes, solitárias, com muitas cicatrizes emocionais – Carlos explicou, com a mesma tranquilidade com que dirigia.

James ficou impressionado. Não sabia se acreditava, pois poderia ser uma leitura superficial de análises feitas por sites e revistas que previam catástrofes. Ele mesmo já lera muitos artigos falando de pragas, de pestes, de fome. O que havia de verdade naquilo que Carlos estava dizendo? Resolveu continuar insistindo.

– O que realmente vai acontecer? E como vamos fazer para minimizar essa tragédia? Onde nós entramos nisso?

– O homem está destruindo o meio ambiente. As fábricas poluem, os rios estão morrendo. O que estou falando parece discurso de algum ambientalista xiita, mas é verdade. Forças ocultas irão se aproveitar dessa destruição, e surgirá um vírus mortal. Ele atacará silenciosamente, e sua contaminação atingirá todos os cantos do planeta. Não haverá lugar seguro. A medicina vai demorar para encontrar um remédio eficaz, se é que conseguirá. Muitas pessoas não sabem, mas existem outros seres no Universo que habitam galáxias distantes e olham para a Terra com preocupação. Eles estão entre nós há muito tempo. Não na forma mostrada pelos programas de televisão, como seres verdinhos e gosmentos. São inteligências muito além de nossa imaginação. Eles já fizeram contato, já nos estudaram e criaram defesas em nosso organismo – explicou.

– Como assim? – foi tudo que James conseguiu soltar.

Carlos continuou, como se não tivesse sido interrompido:

– Existem muitas pessoas que foram reportadas enquanto crianças, outras pelos genes dos seus pais, e algumas enquanto dormiam. Não existe um padrão. Tudo depende da existência de um ambiente amistoso quando eles acessam o inconsciente dos escolhidos. Por que você acha que muitos adoecem e outros morrem através de males que não têm cura? Você já pensou sobre isso? Por que outros não têm doença alguma e gozam de boa saúde até o final da vida? Tem a ver com a interconexão que existe entre nós e uma inteligência mais avançada. Pode acreditar.

James prestava atenção, cada vez mais impressionado com a narrativa.

– Carlos, você pode me dizer como vamos proteger a humanidade dessa catástrofe que vai nos atingir?

Carlos não se surpreendeu com a pergunta. Aproveitou que chegavam ao hotel, estacionou o carro na porta e virou-se dizendo:

– Somos imunes a essa doença. Nosso organismo foi preparado para não ser acometido. O que precisamos é nos conectar. Já estamos nos encontrando em sonhos. Você precisa falar com Cindy, Mário e Li Chung. Depois disso, vamos nos conectar em pensamentos, conversar por telepatia, e seguir as orientações que eles nos passarem. Precisamos multiplicar as pessoas imunizadas às centenas, aos milhares e aos milhões. Só assim evitaremos que a humanidade desapareça.

– Mas como vamos imunizá-las? – perguntou James.

– Assim que estabelecermos o contato e a conexão, o nosso mentor vai nos orientar. Isso tem que ser feito com urgência. Encontre os outros.

James olhou para ele, exasperado. O processo ficava cada vez mais confuso em sua mente.

– Encontrá-los de que maneira? Não sei como fazer isso. E por que você mesmo não faz esse contato, já que sabe de tudo que vai acontecer?

Carlos respondeu como se estivesse explicando para uma criança:

– Existe uma energia concentrada em certas pessoas. Você é uma delas. Basta liberar essa força através do pensamento e conseguirá. Eles já se apresentaram em sonhos. Apenas concentre-se. Poderíamos encontrar outras formas de contato, como as redes sociais. Entretanto, a multiplicação das pessoas imunizadas se dará através da conexão do nosso subconsciente com o delas. Não se esqueça: concentre-se! – ele repetiu.

James se despediu de Carlos e entrou no hotel.

Estava tão impactado com a conversa que nem viu as pessoas que conversavam descontraidamente no saguão. Dirigiu-se para o bar e pediu uma dose de uísque. Precisava relaxar e tentar organizar os pensamentos. Apesar de todas as evidências, ainda queria acreditar que essa conversa era coisa de uma pessoa altamente alienada por conceitos subjetivos, tirados de alguma revista ou em vídeos da internet.

Entretanto, por mais que quisesse imputar essa visão, ele não conseguia esquecer dos sonhos que tivera, das vozes que ouvira, das pessoas impactadas por algo que ele não entendia.

De qualquer forma, a narrativa de Carlos fazia sentido. Precisava pensar mais sobre o assunto.

Subiu até o quarto, deitou-se na cama, fechou os olhos e uma prostração tomou conta de seu corpo. As imagens inundaram sua mente. Muitas pessoas, diferentes lugares. De repente, Cindy apareceu e acenou para ele. Mais duas pessoas se materializaram. Um rapaz, e outro que parecia um pouco mais velho. Deveriam ser aqueles aos quais deveria se conectar. Lembrou-se de já tê-los visto antes nesses sonhos.

Acordou no meio da noite e não conseguiu retomar o sono. Precisava encontrar um sentido para essa paranoia. Só não sabia como.

Carlos encerrou o expediente naquele dia com a sensação de que tudo caminhava bem. Há meses ele sonhava com os acontecimentos que estavam por vir. Já identificara as quatros pessoas escolhidas para formarem o ciclo de contatos e executar as tarefas que seriam determinadas. A conexão precisaria se estabelecer em cinco pontos, sendo ele esse quinto elemento. Assim, as energias seriam canalizadas para atingir milhões de pessoas em todo o mundo. Seria necessária uma força cósmica, sinérgica e coordenada para que os contatos fossem multiplicados e os objetivos alcançados.

E essa força já estava em ação, invadindo a mente dos selecionados e instigando a curiosidade deles. Acontece que os seres humanos em geral sentem-se fragilizados perante o desconhecido. Era o que estava acontecendo. Cada qual à sua maneira estava reagindo aos contatos telepáticos. Uns com medo, outros sem entender. Para todos eles, exceto Carlos, o enredo não fazia sentido.

A confusão mental era grande. O desafio de aceitar que estavam conectados a alguma força exterior, maior ainda. Mas Carlos sabia que eles iriam evoluir. Bastava ter paciência e incentivá-los.

O primeiro contato direto, mesmo que a distância, teria que funcionar como uma porta de abertura para a conexão necessária entre eles. Carlos já fizera sua parte, instigando James a se concentrar e a buscar uma forma de destravar este portal. O próximo passo dependeria dele, que, mesmo sem saber, tinha o poder para induzir a conexão. Bastava, para isso, encontrar os outros.

Capítulo V

> Eles prometeram voltar em um futuro distante. Provavelmente, estão aqui agora, nos observando de novo.
>
> Erich von Däniken

James voltou para casa atormentado. Não fazia sentido para ele o encontro inusitado com o motorista de aplicativo. Carlos deu a entender que conhecia com profundidade a história da catástrofe que se abateria sobre o planeta. Até mesmo o que deveria ser feito por eles para minimizar o alcance desse mal e do sofrimento das pessoas. O que não se encaixava até então eram os sonhos e as pessoas que apareciam neles.

Por um lado, havia a insistência do subconsciente na ligação entre as cinco pessoas designadas, mesmo sem saber como isso se daria. Por outro, as visões mostrando as pessoas caídas em sofrimento, tristes e acabrunhadas, demonstrava que, de alguma forma, o desastre seria inevitável.

Cada vez que dormia, os sonhos eram mais reais. Mas sua mente já não diferenciava o que era sonho ou realidade.

Sentia dores na cabeça, seus pensamentos formavam redemoinhos, embaralhando as ideias. O assunto martelava sem cessar, como se já estivesse vivendo sob a tensão do que estaria por vir.

Precisava decidir também os próximos passos. Procuraria as outras pessoas que apareciam em seus devaneios, ou deixaria de se preocupar com isso? Gostaria de ter o poder para ignorar o assunto, mas a intensidade dos fatos estava além das suas forças. Ademais, após o encontro com Carlos, ficara ainda mais patente a necessidade de entender, se aprofundar no que estava acontecendo.

Na conversa em São Paulo, Carlos mencionou que a concentração iria ajudá-lo a encontrar as demais pessoas – o que, diante do turbilhão de pensamentos, se tornava uma tarefa desafiadora. Ele já vivia concentrado nesse problema e nada havia acontecido.

James sabia os nomes dos futuros parceiros de missão: Cindy, Mário e Li Chung, além do próprio Carlos. E se lembrava das fisionomias, mas nada além disso. Algumas vezes já havia encontrado pessoas na internet, através das redes sociais; mas, nessas ocasiões, ele possuía informações mínimas sobre essas pessoas: um telefone, o nome completo, ou a empresa onde trabalhavam. Agora, sem detalhes, ele não acreditava conseguir. E Carlos já havia informado que o contato deveria ser feito quando se concentrasse.

Ele estava começando a se irritar com tudo aquilo.

Telefonou para Claire e compartilhou com ela os últimos acontecimentos.

– Que loucura, amor! Como ele poderia prever a sua chegada e ainda saber de seus sonhos e de suas angústias? Chego a ficar arrepiada – espantou-se ela.

– Ele falou com tanta naturalidade sobre o que havia acontecido e o que irá acontecer que me deixou pasmo. Foi impressionante – disse ele.

Claire ficou perplexa. Como acreditar em coisas tão absurdas? E como não acreditar, se os fatos estavam se encadeando diuturnamente?

– Já não sei o que pensar, querido. Passe aqui mais tarde pra gente conversar – pediu ela.

No início da noite, James passou na casa dela. Saíram para jantar, e enquanto esperavam o pedido ela comentou:

– Amor, como você pensa em contatar essas pessoas? É um tanto surreal esse negócio, você não acha?

James concordou, acrescentando:

– Ainda não encontrei uma solução para esse quebra-cabeças. Encontrar pessoas que não faço ideia de onde estão. O mais complicado é que os sonhos me levam a acreditar que elas estão aguardando um contato. Mas não sei como fazer.

Ela ficou pensativa. Via em seu olhar uma angústia incontida. Sem muito o que acrescentar, sugeriu vagamente:

– Já vi em alguns filmes as pessoas fazerem sessões de hipnose. Tenho uma amiga da faculdade que faz regressão hipnótica. Eu nunca me aprofundei, mas ela diz revisitar o passado e consegue ver coisas que aconteceram na infância. Se esse motorista fala que tudo se resolverá através da concentração, por que você não tenta?

Ele a observou, franzindo o cenho.

– Será? Não conheço ninguém que trabalhe com esse assunto.

– Posso falar com minha amiga. Quem sabe você não está precisando apenas de um estímulo? Talvez funcione.

O pedido chegou, e eles deixaram o assunto de lado para se concentrar na comida. Falaram de trabalho, dos planos para o futuro e assim que terminaram foram para a casa de Claire.

Mais tarde, quando James chegou em seu apartamento, aquela conversa não saía de sua cabeça. Ela poderia ter razão. Ele tinha que buscar uma saída. Não custaria tentar.

No outro dia, pediu para Claire marcar um encontro com a amiga, que os levou até um prédio antigo no centro da cidade. O elevador estava estragado, o que fez com que eles subissem pela escada até o quinto andar. No final do corredor, uma placa sobre a porta indicava: Terapia Mental – Regressão Hipnótica.

Assim que a moça tocou a campainha, a porta se abriu. Um silêncio ensurdecedor pairava sobre o ambiente. A luz opaca, direcionada para os lados, criava uma atmosfera misteriosa. Foram apresentados à dra. Madelyn O'Hara, que informou ser terapeuta, e após um esclarecimento bem superficial do que o levou a procurá-la, ele a acompanhou para uma pequena sala onde havia uma maca. Pendente do teto, um fino cabo terminava com uma bola de cristal, suspensa a alguns centímetros acima do leito.

A dra. O'Hara pediu que ele se deitasse na maca, olhasse para a pequena esfera e se concentrasse. A bola começou a balançar de um lado para outro. Uma música instrumental tocava ao fundo. A terapeuta disse:

– Deixe seu pensamento vagar. Pense em uma paisagem que você gosta. O mar, a montanha, o céu. Não se preocupe com nada. Se quiser, pode fechar os olhos.

Um leve torpor tomou conta do corpo de James. Suas pálpebras ficaram pesadas. Já que estava ali e era o único plano que tinha até o momento, decidiu não resistir. Sua imaginação vagou pelas montanhas enquanto ouvia a voz da terapeuta:

– Concentre-se e pense naquilo que você quer encontrar.

As imagens foram se formando vagarosamente em sua mente. Primeiro Cindy, depois Mário e Li Chung. Carlos também apareceu de relance. Em transe, James reportou a história contada pelo motorista no Brasil. Era como se conversassem em uma sala de estar. James notou que os outros captavam a sua mensagem com nitidez. Percebeu claramente que eles ficaram impactados com a notícia.

Tão rápido quanto entrou no transe, despertou lentamente e percebeu que sua camisa estava molhada de suor. Devia ter sido o esforço mental que fizera durante a sessão. A terapeuta secou sua testa com um lenço. Estava cansado e sonolento. Consultou o relógio e constatou que a sessão havia durado 45 minutos. Para ele, a conversa com os outros tinha sido muito rápida. Uma questão de segundos. Tomou um copo de água e, enquanto se recuperava, a terapeuta perguntou:

– Conseguiu encontrar o que procurava?

– Sim. Só não sei o que fazer com isso.

– Tenha calma, as coisas sempre caminham para o que deve ser. Da próxima vez você se sairá melhor – ponderou ela.

Ele foi para casa intrigado com os acontecimentos. Fazer o quê, agora que contatara os outros? Durante a sessão, Carlos explicara que James seria o líder entre eles, mas não entendia como. Notou que eram pessoas comuns, impactadas pelo mesmo dilema. Habitavam outros países, falavam outros idiomas; entretanto, haviam conversado sem nenhuma dificuldade.

Eram muitas perguntas e nenhuma resposta.

O mais complicado era que não podia falar sobre o assunto com os colegas de trabalho, familiares ou amigos, pois ninguém iria acreditar. Conversava com Claire, que o ouvia com atenção, mas sem poder ajudar. Ela já começava a ficar amedrontada com as aparições relatadas por James.

Sua maior preocupação era que esse assunto viesse a perturbar de maneira irreversível o equilíbrio emocional de seu namorado. No dia a dia, ele já não conseguia esconder o impacto dos eventos. Sua fisionomia era triste e angustiada, suas conversas às vezes não faziam sentido.

Ao mesmo tempo, toda a narrativa se encaixava a cada dia que passava. As aparições das pessoas, o encontro no Brasil e, agora, essa conexão inusitada pelo subconsciente.

Apesar de tudo, ela acreditava que James precisava seguir em frente. Tentar estabelecer uma lógica para tudo isso. De uma forma ou de outra, ela ficaria ao seu lado, apoiando para que esse momento atribulado passasse o mais rápido possível. Assim, a vida voltaria a seguir o seu ritmo normal.

No dia seguinte, Claire ligou para James. Ele contou que passara a noite acordado, martirizado pelo dilema que lhe queimava as entranhas: se deixar levar nesse plano elaborado por não sei quem, ou desistir de uma vez por todas dessa história? Sempre que pensava nessa possibilidade, ele se deparava com a realidade: estava cada vez mais envolvido e não tinha como voltar atrás. Claire entendia a gravidade do dilema, ao mesmo tempo se preocupava com os rumos que o problema ia tomando.

James entendeu que a terapia havia sido importante para destravar o canal de comunicação com os outros. Entretanto, não seria suficiente para impulsionar o processo. Para conseguir atingir outras pessoas, não poderia estar "em transe", mas consciente e conectado.

Claire pediu que não ficasse tão angustiado:

– Deixe as coisas seguirem o curso, amor. Tente se acalmar, para que consiga enxergar tudo de uma forma mais clara. Nervosismo sempre atrapalha.

– Você tem razão. Obrigado pelo seu apoio e pela paciência. Você vai para casa de seus pais hoje? – ele mudou de assunto.

– Sim, vou sair daqui a pouco. – Ela olhou para o relógio no pulso e continuou: – Preciso pegar o ônibus às dez horas. Minha mãe começou o tratamento de quimioterapia e precisa da minha ajuda. Como te falei ontem, vou ficar com ela essa semana e volto na segunda-feira.

– Está certo, amor. Não se preocupe comigo, cuide de sua mãe, que nesse momento precisa de apoio. Eu vou morrer de saudade, mas te espero.

– Obrigada, meu querido. Estou sofrendo muito com tudo o que está te afetando, mas acredito que vai superar esse desafio. São coisas incompreensíveis para muita gente, inclusive para mim, mas estarei sempre do seu lado, pode acreditar.

– Não tenho dúvida. Acho que não só não enlouqueci porque você está me dando forças – desabafou ele.

– Pode contar comigo. E como disse antes, não se desespere. Tudo vai dar certo e acabar bem.

– Obrigado, amor, e boa viagem.

Ele beijou seus lábios com delicadeza e a apertou em um abraço demorado. Depois, ambos aguardaram pela chegada do motorista de aplicativo que a levou até a estação de metrô. De lá, Claire seguiu até a rodoviária, onde embarcaria rumo à sua cidade natal para encontrar a mãe.

A viagem de aproximadamente duas horas e meia serviu para que ela meditasse sobre os últimos acontecimentos e também sobre a vida. Sua mãe estava morrendo, como muitas outras pessoas morriam diariamente em todos os cantos do planeta. Uma doença terrível, que a fazia definhar aos poucos. Ao vê-la tão indefesa, se questionava: por que certas pessoas têm o traçado do destino tão cheio de obstáculos, enquanto outras quase não enfrentam dificuldades?

Sua mãe havia sido criada pelos tios, pois perdera os pais em um acidente. Agora, ainda jovem, fora acometida por um câncer maldito, que destruía suas entranhas. Muitas vezes ela também questionava a existência de Deus. Se Ele era tão onipotente, por que permitia que isso acontecesse? Por que não proteger as crianças e os idosos de maldades incontáveis? Por que não evitar essa grande calamidade que estaria por acontecer? E qual a razão desses sonhos e alucinações do namorado? Não seria melhor que Deus interferisse e evitasse tanto sofrimento?

Qual o sentido da guerra? Por que os homens fabricavam armas para se destruírem? Pessoas que nem se conheciam matavam-se por causas mais desconhecidas ainda. Lembrou-se de alguns filmes que contavam histórias de reis que se consultavam com os deuses. Seria tão bom se pudesse falar com eles agora, para pedir interferência no destino da humanidade e evitar tanta dor e desolação.

Era mesmo muita coisa a se considerar, e antes de qualquer conclusão, adormeceu no ônibus.

Capítulo VI

> A maioria das visões sobre extraterrestres está realmente repleta de arrogância humana.
>
> **Nathan Myhrvold**

James passou a semana massacrado pelo dilema que estava vivendo. O primeiro objetivo havia sido alcançado. Conseguira uma conexão com os demais, mas, para enfrentar um desafio tão grande, ele considerava o canal bastante frágil. Se fosse para atingir bilhões de pessoas, deveria haver um jeito mais efetivo. Na sua cabeça havia uma grande dúvida: como essas pessoas seriam impactadas? Nesse breve contato, percebeu que os outros aguardavam uma iniciativa de sua parte. Por que Carlos não liderava esse processo, já que sabia de todas as coisas e como elas aconteceriam?

Como ainda não sabia o que fazer, voltou outras duas vezes ao consultório da terapeuta, já que tinha obtido sucesso daquela maneira, e a cada vez a conexão melhorava. Já não ficava tão cansado, nem sentia o corpo desfalecer. Uma noite tentou fazer a conexão de seu quarto, deixando as luzes em penumbra e a cortina fechada. Houve o contato, mas parecia que uma interferência externa não deixava a comunicação fluir.

Talvez existisse algum meio para estabelecer essa conexão telepática de forma definitiva; mas qual seria? De que outra forma ele poderia desenvolver um canal direto com os parceiros?

Ele pensava que a conexão estava fraca devido à sua inexperiência; então procurou se informar na internet, e até conversou com outras pessoas que atuavam nessa área. Nenhuma delas citou casos de hipnose direcionada para um determinado assunto. Não deixava de ser mais uma dúvida a ser esclarecida.

Claire havia retornado da casa dos pais. Quando se encontraram, ela notou que a angústia dele havia aumentado. Enquanto almoçavam, ele disse:

– Estou pensando, amor. Acho que vou voltar às montanhas. Aproveito para pedalar um pouco, e quem sabe encontro respostas. Foi lá que tudo aconteceu. Tem que existir alguma forma de entender melhor tudo isso.

– Eu acho que pode ser uma boa iniciativa. E no mais, talvez ficando sozinho você consiga organizar melhor os pensamentos. Até gostaria de ir com você, mas tenho provas na faculdade que não posso perder.

– Obrigado, amor, mas eu preciso ir sozinho. Não se preocupe, vou tomar cuidado.

– Tá bom. Mas não esqueça que estarei aqui morrendo de saudade e torcendo por você.

Ela o beijou, tentando tirar um pouco da tensão do namorado. Quando o viu sorrir, soube que havia conseguido.

– Pode deixar. Não esquecerei, e obrigado mais uma vez – agradeceu, beijando-a carinhosamente.

James partiu, rumo à região das montanhas onde costumava pedalar.

Saiu na sexta-feira, com previsão de voltar no domingo. Chegou no finalzinho da tarde, armou a barraca no mesmo local da última vez, não observando nenhuma alteração substancial no ambiente ao redor. Dormiu sem que nada de anormal atrapalhasse seu sono, e na manhã seguinte pedalou até o meio-dia. Deixou a bike na entrada de uma caverna e adentrou para uma exploração de algumas horas.

Algum tempo depois, parou em um platô de onde descia uma cascata, formando um remanso de águas cristalinas. Abriu a bolsa térmica e tirou o lanche que levava. Comeu algumas fatias de pão com salame e tomou um energético para repor as energias. Quando terminou, o cansaço bateu; então resolveu esticar o corpo para descansar. Apoiou a cabeça na mochila e fechou os olhos.

Antes que adormecesse totalmente, percebeu uma força estranha ao seu redor. Quando abriu os olhos, seu coração quase parou: uma abóbada brilhante pairava sobre as águas. O objeto parecia ser feito de metal e era hermeticamente fechado. De suas bordas elípticas brotavam pequenas luzes que piscavam como aquelas estrelas vistas ao longe em noites claras. Por baixo da estrutura, saía fumaça ou gases, em jatos direcionados, como se fossem hastes de sustentação. Entretanto, o objeto não pousou – flutuava suavemente sobre as águas.

James ficou estático olhando para aquele artefato, sem saber o que fazer. Pensou ser um disco voador, mas também parecia a estrela que achou ter visto por cima da barraca naquela noite. Seus pensamentos foram interrompidos por uma voz invadindo sua mente.

– Estamos aqui há milhares de anos, observando a humanidade. Não podemos interferir nas decisões dos seres humanos, porque nosso modo de vida é diferente; entretanto, nos preocupamos com o destino da vida na Terra. Existem muitas agressões, por meio de guerras, destruições e sofrimentos. Quando encontramos um ambiente favorável, nós interagimos com o subconsciente de alguns terráqueos. Isso acontece como forma de aperfeiçoar os mecanismos de proteção à vida. Até conseguimos evitar muitas doenças e catástrofes. Mas quando a resposta do ser humano é agressiva, mesmo que seja inconsciente, não conseguimos impedir os sofrimentos que são próprios da fraqueza da matéria – disse a voz, calma e pausadamente.

James não conseguia parar de olhar para aquele objeto. As luzes o hipnotizavam. Seus olhos fitavam aquela aparição, a mente captava as informações de forma clara, transparente, não ficando dúvidas de que ele recebia uma mensagem. Mentalmente, ele perguntou:

– O que vai acontecer, e como podemos ajudar?

– Como você já sabe, o mundo está prestes a ser acometido por uma grave enfermidade. As pessoas serão infectadas, e a humanidade deverá lutar por muito tempo para encontrar um remédio. Serão jovens, crianças, velhos, ricos, pobres… ninguém estará a salvo. Você e os outros são imunes ao contágio. Devem se reunir, e estimular outras pessoas a se unirem contra isso.

– Mas como? Somos de países diferentes. Que tipo de ajuda podemos oferecer?

– Vocês já se falaram. Faça com que se reúnam todos os dias às dezoito horas, onde estiverem. A força de seus pensamentos fará com que as pessoas sejam impactadas. Se forem receptivas, esse contato imperceptível as levará a tocar em outras pessoas, que assim terão imunidade. Depois que forem tocados, alguns nem sentirão que foram expostos ao vírus; outros terão sintomas leves, e alguns menos amistosos poderão sofrer mais. Infelizmente, aqueles que não forem sensíveis ao toque morrerão.

– Eu não estou preparado para isso. É tudo muito confuso e não sei como influenciar as pessoas para ajudar outros.

A nave foi se distanciando, a voz foi ficando longe; mas, antes que ela desaparecesse, ele ainda ouviu:

– Você conseguirá. Vá em frente, pois temos como ajudá-lo nessa tarefa. Junte-se aos outros e faça sua parte. A humanidade depende de vocês.

James ficou por um tempo fitando o local em que antes estava o objeto. Passou a mão no nariz e limpou o filete de sangue que escorria. Agora a história parecia mais concreta, tal como Carlos havia contado. Conforme foi se acalmando e refletindo sobre o que acabara de vivenciar, não sentiu medo da abordagem. Era reconfortante ter alguma resposta, ainda que a história se tornasse cada vez mais bizarra.

Primeiro se perguntou o que haveria dentro da nave. Alguma coisa falara com ele. Em seguida cogitou ter sonhado. Beliscou o braço e sentiu dor. Estava vivo e acordado, sem dúvida. Fora real a aparição. Havia feito contato com uma entidade desconhecida e ouviu uma história assustadora.

Pela conversa, James havia sido escalado para uma missão em defesa da humanidade e não tinha como recuar. Liderar uma equipe e lutar incansavelmente para salvar vidas. O objetivo: fazer com que mais pessoas se juntassem a esse desafio, de forma a amenizar a extensão do grande mal que estava a caminho.

Ainda não tinha certeza de como faria isso.

Ao menos ele sabia por onde começar: reunir-se com os parceiros todos os dias, às dezoito horas; depois, impactar as pessoas ao redor do mundo através do subconsciente, atingir milhões de seres humanos através do pensamento. Apenas algo realmente insano poderia reunir todos esses elementos; mas ele foi buscar respostas, e era tudo que tinha.

Voltou para o acampamento, juntou suas coisas e retornou para casa. Estava determinado a não fugir da responsabilidade. Se era isso que tinha de fazer, contataria os outros no dia seguinte.

Chegando em casa, ligou para Claire e contou tudo o que se passara.

– Meu querido, se você acredita nisso, vá em frente. O que tem a perder? Se tudo der certo, você terá ajudado a salvar um monte de gente.

– É verdade, não tenho nada a perder. Não existe nenhuma ameaça sobre nós. E se realmente for verdade, teremos feito o melhor para ajudar as pessoas.

A cada dia que se passava, as peças se encaixavam; com isso, a certeza de que uma força sobrenatural direcionava os acontecimentos se estabelecia.

Decidiu que faria a sua parte, com toda a dedicação que pudesse.

Antes de dormir, seus pensamentos voaram. Ficou imaginando quantas vezes, em suas aventuras pelas montanhas, deitava-se sob o luar e observava as estrelas. Milhares de pontinhos luminosos perdidos na imensidão do Universo. Umas brilhando mais, outras menos. Alguns daqueles pontinhos eram de estrelas que haviam morrido há milhares de anos e continuavam reluzindo.

Ele se perguntava perto de quais delas haveria vida. Os seres que habitavam aquelas galáxias tinham forma humana ou seriam feitos de outra matéria?

Recordando-se do primeiro evento, quando saíra da barraca e olhara para o céu, se lembrou daquela estrela brilhante. Agora, uma nave tão brilhante como aquela estacionara em sua frente. Quantas dessas poderiam estar vagando pelo infinito? E as histórias de pilotos que avistaram óvnis, de luzes trespassando pela imensidão? Deveria ser tudo verdade, só que as pessoas não tinham como comprovar. Se havia vida, como ele começava a acreditar, então deveria haver respostas mais concretas para esse mistério.

Adormeceu, e no outro dia acordou com a mente mais calma e decidido a fazer contato.

Capítulo VII

> Nunca estivemos sozinhos. Somos acompanhados por outras espécies e civilizações.
>
> A.J. Gevaerd

James levantou antes das sete da manhã. Enquanto tomava banho, repensou tudo que acontecera nos últimos dias. Fez um mexido de ovos com bacon, tomou café e seguiu para o escritório. No caminho, telefonou para Claire, informando que faria o contato com os outros às dezoito horas. Esperava que a força sobrenatural conduzisse a conexão. Tentou segurar a expectativa e trabalhou normalmente até o final do dia. Saiu por volta das dezessete horas e caminhou até às margens do River Walk. Procurou um local bem sossegado, onde pudesse relaxar.

Sentado na grama, fechou os olhos e se concentrou.

– Olá… – falou através da mente.

Sua expectativa era grande quanto aos outros membros do grupo. Eles teriam coisas importantes para dizer? O que teria se passado com a mente deles durante esse tempo?

De forma gradual, as imagens foram aparecendo em sua retina fechada, as pálpebras vibrando como se estivesse tendo uma convulsão. Parecia uma tela de projeção. Cindy respondeu:

– Oi, James.

– Olá – disse Mário.

Li Chung sorriu, abaixando e levantando a cabeça duas vezes. Carlos acenou com a mão, fazendo um cumprimento amistoso.

Estavam conectados.

– Prezados, estou aliviado por encontrá-los aqui. Como já sabem, moro em San Antonio, no Texas. Gostaria de ouvir um pouco de vocês dessa vez. Como chegaram até aqui?

A moça foi a primeira a responder:

– Eu me chamo Cindy. Moro com minha mãe em Sidney, na Austrália. Há algum tempo também venho tendo esses sonhos. Achei que pudesse ser apenas isso, até o dia em que conversamos, James. Foi um alívio, e ao mesmo tempo desesperador. Porque as chances de ser algo real aumentaram, e só isso já era insano demais.

Mário interferiu na conversa:

– Eu me chamo Mário, sou peruano e moro em Barcelona com minha família. Também tenho visto e sonhado a mesma coisa. São lugares que nunca vi e, ao mesmo tempo, uma voz pedia que eu encontrasse os outros. Acho que falava de vocês.

Li Chung não fugiu das mesmas considerações:

– Meu nome é Li Chung e moro em Shangai. Também os vi e ouvi essa voz que pedia para encontrar os outros. Achei que falava das pessoas parecendo estar em algum tipo de transe, mas agora acredito que faça mais sentido ser vocês. O que ainda não compreendo é como podemos ajudar. Somos apenas pessoas comuns. Bom, pelo menos eu sou... – ele interrompeu a fala para observar melhor os outros, que acabaram rindo vendo seu olhar de cenho franzido.

– Até onde sei, sou comum também – Cindy brincou.

Mário só sorriu, o que fez Li Chung observá-lo por mais tempo.

James olhou para Carlos, que ainda não havia falado nada, e ele entendeu que era o momento de se apresentar.

– Meu nome é Carlos e moro em São Paulo, com minha esposa e dois filhos. Eu já havia sonhado muitas vezes recebendo essas mensagens. Fui direcionado para encontrar James quando ele visitou o Brasil. Os seres extraterrestres continuarão se comunicando conosco por telepatia. Me confirmaram que James liderará nossa comunicação.

James engoliu em seco; tossiu, coçando a garganta, e encheu o peito de ar, como se fosse um tipo de impulso para receber coragem.

Não se sentiu corajoso, mas resolveu falar mesmo assim.

– Esta semana tive uma aparição que me convenceu da missão que temos de executar. E também de como será feita. Queria propor para vocês, a partir de hoje, nos reunirmos todos os dias em pensamento, neste mesmo horário. Onde quer que estejam, parem e se concentrem. Ainda não compreendi muito bem o que faremos, mas sinto que nossos encontros fortalecerão o propósito de tudo isso.

– Nossas forças mentais serão direcionadas para as pessoas ao redor do mundo. Os pensamentos viajarão como ondas pelo espaço. Uma força cósmica guiará e orientará nosso trabalho – Carlos explicou.

– Ainda não entendi do que vamos protegê-las... De que maneira nossas forças mentais vão impactá-las, e como isso se espalhará? – Cindy questionou.

– Um vírus atingirá a Terra. Somos responsáveis por trazer a cura. Tudo vai depender do quanto a pessoa for sensível para receber esse impacto. As mais sensíveis serão alcançadas pela nossa força mental. Essas serão curadas e terão o dom de transmitir a cura através do toque, para as que não forem tão sensíveis como elas – James respondeu, lembrando da explicação que recebera do objeto no lago.

– Pelo toque? – Mário perguntou.

– Isso, um simples tocar na outra pessoa, de qualquer maneira – James concluiu.

– E as pessoas que... não forem sensíveis? – Cindy perguntou pausadamente, e todos olharam para James ao mesmo tempo.

– Infelizmente morrerão – foi Carlos quem respondeu, no seu tom tranquilo, mas a sensação que todos tiveram foi como se arrancassem um curativo de uma vez.

– Elas vão morrer? – Mário conseguiu verbalizar o que todos pensavam, com a voz trêmula.

– Mas quantas pessoas? – Cindy quis saber, com os olhos arregalados.

James passou a mão pelo cabelo e suspirou olhando para Carlos, que respondeu mais uma vez tranquilamente:

– Não temos como saber…

– Isso é loucura! – Li Chung se exaltou e começou a olhar em volta – Como eu saio disso aqui? Não quero fazer parte dessa insanidade.

– Vocês não têm escolha! – Carlos esbravejou, e algo na sua voz fez o coração de todos acelerar.

O silêncio tomou conta da reunião por alguns segundos. Todos se entreolhavam, alternadamente.

– Vamos tentar manter o máximo de calma possível e enfrentar isso juntos. Estamos juntos, Li Chung – James falou, sem notar que a liderança pulsava nele de maneira natural.

O rapaz não respondeu; fitava James com o cenho franzido, mas continuou ali. Os demais balançaram a cabeça, concordando em silêncio. Combinaram de se conectar no dia seguinte às dezoito horas, e assim sucessivamente, todos os dias. Despediram-se, cada um sentindo-se mais angustiado, porém não mais solitários. Todos viviam e sentiam o mesmo.

Para os cinco membros daquele grupo, ficou bastante claro que uma força muito poderosa guiava seus pensamentos e suas ações. Chamou a atenção dos outros a forma como Carlos explicou o desenrolar dos acontecimentos. De algum modo, ele já sabia dos fatos e deixou no ar que seus contatos eram mais profundos – o que os confundia, já que era James quem estava na liderança. Nada parecia seguir um padrão que eles pudessem considerar normal. Nos sonhos, aquela força ou energia mencionava uma calamidade que se abateria sobre a humanidade, e que eles poderiam evitar um estrago maior se agissem em conjunto e antecipadamente. Nesse último contato, Carlos demonstrou saber que se tratava de um vírus que se espalharia, tinha poder de contágio e letalidade muito fortes. As informações não paravam de piorar.

Uma grande escuridão ainda povoava suas mentes. Havia muitas dúvidas e questionamentos: se era uma entidade extraterrestre, por que não agir diretamente na mente das pessoas? Por que era necessária uma corrente formada por cinco pessoas, em diferentes partes do mundo, para que isso funcionasse? Por que alguns deles, notadamente Carlos, já sabiam o que iria acontecer? E finalmente, a grande pergunta: se eram seres com inteligência avançada, por que não evitar essa calamidade em sua origem?

Capítulo VIII

A maior evidência extraterrestre somos nós mesmos.

Gabriel Goldman

Hiang Hu Chan estudou na França por mais de cinco anos fazendo especialização em microrganismos vivos – vírus e bactérias – e suas complicações infecciosas. Depois desse período, voltou para China e começou a trabalhar no maior laboratório de virologia da cidade de Wuhan, com ênfase na descoberta do sequenciamento genético de mais de trinta coronavírus conhecidos. A maioria dessa família de vírus infecta apenas animais.

Entretanto, os cientistas já conheciam alguns vírus que haviam infectado seres humanos. A primeira ocorrência aconteceu em 2002, com um surto desencadeado na China. O vírus se espalhou rapidamente pela América do Norte, América do Sul, Europa e Ásia, infectando mais de oito mil pessoas e causando aproximadamente oitocentas mortes. A epidemia, batizada de SARS (sigla em inglês para

Síndrome Respiratória Aguda Grave), foi controlada em 2003, não tendo sido relatado nenhum caso desde então.

Dez anos depois, precisamente em 2012, outra ocorrência se manifestou. O vírus, de patologia diferente do primeiro, apareceu na Arábia Saudita, e posteriormente em outros países do Oriente Médio, na Europa e na África. Todos os casos ficaram restritos aos países do Oriente Médio, ou de viajantes originários daquela região. Por isso foi denominado de MERS, que em inglês significa Síndrome Respiratória do Oriente Médio.

Cientistas de todo o mundo já anteviam uma possível nova infecção. Assim, laboratórios de excelência investiram muito dinheiro no intuito de encontrar uma cura para a doença. Sequenciaram o código genético do patógeno e suas variações, chegando muito perto de produzir uma vacina.

Como as ocorrências haviam sido rapidamente controladas, com a diminuição das mortes e dos contágios, os governos de diversos países desaceleraram o investimento para a produção da vacina. Nesse cenário, pesquisas feitas no Reino Unido e também nos Estados Unidos, que estavam bem adiantadas, foram interrompidas devido ao desinteresse econômico. Para eles, não havia justificativas para investir um grande capital em uma vacina que não teria utilização exponencial. Alegaram que não haveria retorno para o investimento, e as pesquisas foram interrompidas.

Não foi o caso do laboratório de pesquisas onde Hiang Hu Chan trabalhava. Para esse time de cientistas, era importante prosseguir na busca do conhecimento dessa família de vírus, levando-se em conta que em uma década já haviam ocorrido dois surtos de contágio. Era preciso prevenir para que não ocorresse uma pandemia. E caso viesse a ocorrer, já estariam preparados.

Embora fosse considerado uma potência científica no estudo desse patógeno, o laboratório era duramente criticado pela tolerância com os baixos indicadores de segurança nesse tipo de pesquisa. Vários organismos internacionais e seus expoentes científicos fizeram duras críticas a essa postura menos rigorosa e sem protocolos adequados. Os diretores do instituto sempre rebateram, dizendo que tratavam a questão com a devida diligência, e que o laboratório seguia rigorosos padrões de controle, por se tratar de uma questão de tão alta relevância.

Hiang Hu Chan tinha uma opinião diferente dos diretores. Como ele conhecia as pesquisas desenvolvidas em outros países, principalmente na França, onde fizera pós-doutorado em infectologia, sabia que a manipulação de microrganismos tão sensíveis e tão complexos deveria ser tratada com maior atenção. Já fizera admoestações aos colegas, e até ao chefe imediato, quanto à quebra de protocolos indispensáveis à segurança da pesquisa. Ao invés de tomar providências, o comitê disciplinar da instituição decidiu que ele deveria se afastar por um período, até que ficasse entendido que não poderia criticar os colegas, muito menos a direção do laboratório.

Assim eram tratadas as divergências nos países controlados com mão de ferro pelo governo. Qualquer opinião dissonante ou crítica em relação ao sistema era punida com muita severidade.

Em janeiro de 2018, com o compromisso de não ter seu nome divulgado, Hiang Hu Chan denunciou a um grande jornal norte-americano que os controles de biossegurança do laboratório de Wuhan eram ineficientes. Segundo ele, a qualquer momento algum pesquisador poderia ser infectado, e com isso causar uma séria crise de saúde pública mundial. A notícia ganhou o mundo e, embora seu nome não tivesse sido revelado, os dirigentes do laboratório deduziram que ele era o informante e o demitiram. Ele passou a ser vigiado, e todos seus passos eram controlados.

Esses procedimentos não impediram que, em novembro de 2019, um ano e meio depois da demissão de Hiang Hu Chan, a crise se instalasse e o laboratório fosse o principal suspeito da disseminação da peste entre os seres humanos. Muita polêmica em torno do assunto se estabeleceu; não obstante, ninguém assumiu a responsabilidade pela catástrofe.

De um lado, autoridades divulgaram tardiamente que o vírus teria se originado de animais silvestres vendidos em um mercado de Wuhan, um local conhecido pela manipulação de animais vivos, abatidos no momento da compra e muitas vezes sem a devida preocupação com a higiene. Segundo uma teoria corrente, a transmissão teria ocorrido por meio de morcegos contaminados, já que o animal era um hospedeiro natural daquela espécie de coronavírus e habitava o entorno do mercado. Por outro lado, autoridades mundiais e também pesquisadores de outros países colocaram em dúvida essa teoria. Para muitos deles, inclusive alguns laureados com o Nobel de Medicina, o patógeno carregava todas as características de ter sido fabricado em laboratório.

Com a versão divulgada outra vez pelos meios de comunicação, os governos exigiram explicações uns dos outros, e todos negaram veementemente qualquer responsabilidade na criação artificial do patógeno indesejado. No entanto, pouco importava nesse momento quem tinha razão. O mal havia se instalado e proliferado exponencialmente. O que se tornava imprescindível era salvar o maior número de vidas que fosse possível.

Muito antes de surgir essa nova ameaça, seres invisíveis, que habitam outras galáxias e constantemente monitoram a espécie humana, já haviam detectado o que estava por vir. Sabendo do efeito devastador da patologia criada pelo homem, eles acionaram mecanismos de defesa através de um grupo de seres humanos especialmente preparados para enfrentar o desafio.

Como o vírus que viria a aparecer se espalharia por meio do contato entre as pessoas, eles criaram uma corrente de contatos positivos com aqueles escolhidos, que traziam em seu organismo os anticorpos para combater a infecção. O esforço deveria ser feito antes do surgimento dos primeiros casos. Multiplicando os contatos telepáticos e presenciais, poderiam neutralizar a disseminação o quanto fosse possível. Com isso, o vírus enfrentaria uma resistência natural à imunidade e afetaria bem menos gente do que poderia atacar.

Ainda assim, seriam muitas mortes, pois nem todos seriam sensíveis aos contatos. Ocorria que uma grande massa de seres humanos não estava preparada para essa conexão. Viviam segregados em bolhas mentais e preocupados com futilidades. Não estavam abertos para a fraternidade, a vida e o amor ao próximo. Estavam impregnados pelo individualismo, pelo egoísmo e pela descrença. Um ambiente favorável para as teorias negacionistas.

A esperança era esse pequeno grupo de cinco pessoas designadas para a missão.

Capítulo IX

> Alguém tem nos observado. E acho que a observação tem acontecido há milhares de anos.
>
> **Giorgio Tsoukalos**

Hiang Hu Chan ficou extremamente abalado com a decisão tomada pelo Conselho Político da Universidade: excluí-lo da comunidade científica de seu país. Ele havia dedicado parte de sua vida a se aprimorar nos estudos, sacrificado o convívio familiar, e mesmo seu casamento não resistira aos anos de isolamento na França, durante o período de pós-doutorado. Apesar da solidão e das perdas que havia enfrentado, ele considerava que valera a pena o sacrifício. Tivera a oportunidade de desenvolver experimentos que no futuro serviriam para minimizar o sofrimento dos seres humanos. Sua dedicação, no entanto, não evitou que se tornasse uma *persona non grata* junto aos dirigentes do seu país. Mesmo tendo angariado o respeito e admiração de seus colegas cientistas, ele fora sumariamente afastado de suas pesquisas e passara a viver no ostracismo.

Ele considerava isso uma ingratidão, e resolveu tomar providências para continuar com sua vida. O governo, assim como seus antigos colegas de trabalho, disseminou notícias falsas de que ele havia quebrado os protocolos de segurança da instituição. Esse comportamento o deixou isolado socialmente; e já que ele não poderia trabalhar no seu país, onde aplicaria todo o conhecimento acumulado em anos de estudo e pesquisa na busca pelo controle de doenças infecciosas, ele decidiu que poderia fazer sentido levar para outro país toda a experiência adquirida e, dessa forma, ajudar as pessoas, independentemente de nacionalidade.

Desde o início de seus estudos, seus mestres lhe ensinaram que a ciência não tem pátria, e que o mais importante para o cientista era provar suas teorias com embasamento técnico e aplicação prática, contribuindo para o bem da humanidade. Não importava a ideologia ou a crença. A ciência deveria ser neutra e zelar pela vida, sem discriminação ou preconceito.

Depois de alguns meses de afastamento do trabalho, sua rotina era ficar em casa e fazer longos trechos pedalando sua bicicleta. Como era um hábito antigo, ele tinha preparo físico para essas jornadas e conseguia fazer até cinquenta quilômetros cada vez que saía de casa. Os agentes que o monitoravam, dois rapazes imberbes, malpassados dos 20 anos, ficavam dentro de um carro velho estacionado do outro lado da rua. Às vezes desciam do veículo e fumavam cigarros encostados em alguma árvore.

Nas primeiras vezes em que ele saíra de bicicleta, os agentes tentaram segui-lo de carro, mas como Hiang Hu Chan passava por ruas estreitas e até pela contramão, eles o perderam nos primeiros quinhentos metros. Resolveram trazer uma bicicleta no carro, mas foi ainda pior. Logo que dobrou a esquina, não viram mais sinal dele. Optaram, então, por esperar que o passeio terminasse. Anotavam os horários em que ele saía e voltava, marcando um intervalo aproximado de duas horas.

Uma certa manhã, Hiang Hu Chan saiu de casa mais cedo. Eram seis da manhã, e os agentes ainda não tinham chegado. Eles costumavam estacionar o velho carro por volta das sete e ficavam conversando até que ele aparecesse para o passeio matinal, que começava às nove. Quando saiu de casa, ele sabia que os bisbilhoteiros esperariam até o limite daquele horário para bater na sua porta e conferir se ele estaria lá dentro. Por isso, ele tinha duas horas de vantagem. Pegou uma mochila com algumas trocas de roupa, objetos de higiene pessoal e o dinheiro que tinha guardado. O passaporte com visto francês ainda estava válido, e era nele que confiava para ter sucesso em sua empreitada: pegaria um avião para França, e de lá iria para os Estados Unidos.

Já falara com alguns colegas, que lhe asseguraram uma vaga para trabalhar em uma universidade. Assim que chegasse, o objetivo era pedir asilo na embaixada norte-americana, alegando perseguição política. Até pela sua condição de cientista, já recebera a indicação de que o pleito seria bem-sucedido.

Chegou ao aeroporto, deixou a bicicleta no estacionamento e dirigiu-se ao guichê de atendimento. Ele havia comprado a passagem pela internet na noite anterior.

Demoraria alguns dias para a compra chegar aos controles das autoridades, e então ele já estaria longe. Precisava contar com a sorte de não ter seu nome nos registros da polícia governamental, o que impediria sua saída.

Apresentou o passaporte; o agente olhou demoradamente o documento, checou suas feições e depois carimbou, autorizando sua saída.

Foi um alívio.

Conseguira sair, e com determinação continuaria suas pesquisas e seus sonhos em outro país. Embarcou no avião com destino a Paris. Dois dias depois, chegou aos Estados Unidos, onde foi recebido por um colega. Esperou sessenta dias até a aprovação do pedido de asilo. Então, começou a trabalhar no sequenciamento do novo coronavírus na Universidade da Pensilvânia.

Seus estudos foram de pronto elogiados pela banca da universidade que o acolhera. Pelos seus conhecimentos, pôde avançar muitas etapas no sequenciamento genético do vírus causador das infecções respiratórias, notadamente a família de coronavírus que já vinha estudando. Ele estava feliz porque tinha liberdade para trabalhar, reconhecimento de suas pesquisas e, diferentemente de seus país, a recompensa financeira não era um crime. Se o indivíduo fazia sucesso em seu trabalho, isso não era considerado uma heresia, mas sim um mérito pelo esforço.

Infelizmente, ainda existiam países liderados por pessoas autoritárias e insensíveis, que deixavam a vida humana em segundo plano; nos quais o contraditório, o pensar e agir diferente, eram motivos para violência e intolerância, não importava onde a pessoa estivesse.

Antes de completar um ano de sua chegada à Pensilvânia, em uma manhã de sábado, ele saiu pedalando sua bicicleta por uma estrada que desembocava em um parque. Seguia pelo acostamento com o fone de ouvido conectado ao celular, ouvindo músicas e apreciando a natureza. O movimento de carros e pedestres era quase inexistente naquele trecho.

Um veículo se aproximou lentamente, emparelhando com a bike que desenvolvia uma velocidade de vinte e cinco quilômetros por hora. O homem ao volante não despertou o interesse de Hiang Hu Chan. Normalmente, as pessoas cumprimentavam os ciclistas e seguiam em frente. O vidro da porta do passageiro abaixado não chamou a atenção dele. Repentinamente, o motorista pegou uma pistola que estava no banco do carona e disparou quatro vezes. O silenciador embutido no cano da arma abafou os estampidos. Nem os pássaros, que gorjeavam nos galhos próximos, se deram conta de tamanha violência. Dois projéteis atingiram-lhe a cabeça, um no pescoço e outro no tronco. A bicicleta se desgovernou fazendo um rodopio sobre o guidão, e ele foi atirado a uns cinquenta metros. Seu corpo estirado no meio da estrada era o retrato da pequena importância que a vida representava para certas pessoas.

O motorista acelerou e desapareceu na curva da estrada. Passado algum tempo, a polícia foi chamada por um passante, e começaram os trabalhos de investigação. Hiang Hu Chan foi identificado e seu corpo levado para o instituto de criminalística. Após os procedimentos legais, ficaria à disposição de seus parentes e ninguém falaria mais dele, a não ser os familiares.

A polícia passou a investigar o crime seguindo a linha de que se tratava de uma execução. Ninguém recebia quatro balaços à queima-roupa, muito menos enquanto estava passeando despreocupadamente de bicicleta. Os agentes encontraram um carro abandonado em uma estrada vicinal, alguns quilômetros adiante. Pelas câmeras instaladas na estrada, identificaram como sendo o carro do assassino. Um homem se encontrava debruçado sobre o volante. Na sua têmpora, um buraco de bala. Não foram encontrados documentos ou anotações, além de uma carteira de motorista em nome de Hao Gu, que indicava o nascimento em Shangai. Ele tinha 46 anos, visto de turista e nenhum antecedente criminal.

A polícia o identificou através das câmeras instaladas no pedágio da estrada que levava ao parque. Naquele horário, apenas aquele carro havia passado por aquela estrada. Ficou comprovada a conexão entre o indivíduo encontrado morto e Hiang Hu Chan. Nada indicava que se conhecessem. Então, restava a dúvida sobre a motivação para matar um desconhecido com tamanha violência. Seria um crime encomendado? Mas a troco de quê? Chegaram à conclusão de que certamente fora morto por se tratar de um cientista desertor, mesmo tendo encontrado asilo em outro país.

E não havia pistas de quem teria matado o suposto assassino. Nenhum vestígio fora deixado no carro. As impressões digitais eram apenas do motorista. A bala havia entrado por um lado da cabeça e saído pelo outro. Não encontraram o projétil. Pelas circunstâncias, um assassino de aluguel havia cometido o crime, e em seguida executado o motorista como queima de arquivo. Serviço profissional.

O crime foi revestido por um tenebroso mistério, que entraria para os anais da investigação policial como um enigma jamais desvendado.

Não poderia ser enquadrado como crime passional, pois eles não se conheciam. Não havia registro de encontros ou relacionamentos entre eles. Dívidas também não seriam um motivo, pois a situação financeira de Hiang Hu Chan era bastante confortável.

O mais desastroso de tudo isso era que uma vida havia sido perdida. Alguém que se dedicara com afinco ao trabalho de buscar o conhecimento, para com isso contribuir com alívio de males que poderiam assolar a humanidade, fora morto sem nenhuma piedade.

De qualquer maneira, talvez alguma força oculta estivesse operando para impedir a busca por soluções definitivas para a cura de alguns males que afetavam ou viessem a afetar a humanidade. Por trás de um crime tão hediondo, poderia haver perguntas que jamais seriam esclarecidas.

Em muitos outros lugares, em épocas diferentes e sob várias circunstâncias, outros fatos já haviam deixado muitos questionamentos. Nenhuma verdade poderia ser absoluta, muito menos quando observada sob perspectivas não lineares. Alguns acontecimentos sempre seriam motivos de dúvidas e incertezas, assim como a morte de John Kennedy, que era cercada de teorias conspiratórias.

A morte de Hiang Hu Chan repercutiu de forma negativa em seu país de origem. A diplomacia norte-americana pediu esclarecimentos; entretanto, como quase sempre acontecia nesses casos, o tempo se encarregou de colocar os questionamentos e indagações nos arquivos e o assunto perdeu relevância, acabando por ficar esquecido.

A única certeza era de que ele jamais voltaria a Wuhan.

Capítulo X

Duas coisas são infinitas: o universo e a estupidez humana; e eu não tenho certeza sobre o universo.

Albert Einstein

Quando Hiang Hu Chan foi afastado da universidade em Wuhan, as pesquisas passaram a ser desenvolvidas pela dra. Lin Xing, uma cientista com excelente formação em virologia e pós-graduação internacional. Todas as manhãs, ela saía de casa e passava o dia no laboratório. Ficava lá até muito tarde da noite; às vezes dormia nas dependências do complexo, para iniciar novamente os trabalhos logo ao amanhecer.

Era uma rotina estafante e totalmente fora dos padrões e protocolos internacionais exigidos para um trabalho de tamanha complexidade, com tão grande risco biológico. Entretanto, era assim que ela se comportava.

Com essa dedicação tão exacerbada, que agradava os chefes imediatos, a dra. Lin Xing deixou de se preocupar com o seu próprio bem-estar. Alimentava-se mal e dormia pior ainda. Sua saúde atingiu um estado precário. A concentração, principal necessidade em trabalhos dessa natureza, já não era a mesma. Por diversas vezes, os colegas a viram deixando frascos e amostras armazenados de forma incorreta. Os protocolos poderiam ser quebrados e causar um desastre.

Alguns meses após assumir a liderança dos estudos, a equipe da dra. Lin Xing já conseguira isolar diversas formas de mutação do patógeno e, ao mesmo tempo, identificaram variantes. Eles testavam a resistência das novas cepas, tentando encontrar formas de desenvolver os antivirais necessários. Seria um longo caminho, pois nas ocasiões anteriores os estudos haviam sido paralisados sem que se chegasse a uma conclusão.

O que a dra. Lin Xing não podia imaginar era que, por trás de sua dedicação extrema, havia uma força invisível conduzindo o seu comportamento.

Nas suas noites mal dormidas, ela tinha visões e sonhos desconexos. Imagens apocalípticas, grandes desastres naturais, tornados, vulcões e tempestades. Uma profusão de mensagens que aturdiam seu inconsciente. Não conseguia decifrar o significado dos pesadelos, mas o seu equilíbrio emocional piorava a cada dia.

Certa noite, após o expediente, a equipe já havia se retirado; entretanto, a dra. Lin Xing ainda continuou a trabalhar. Não percebeu o adiantado da hora, e quando deu por si já passava da meia-noite. Sentada em frente à bancada de pesquisa, ela sentiu o corpo desfalecer. Segurava nas mãos um frasco com amostras das últimas cepas isoladas. De repente, sentiu a cabeça pesada e encostou a testa na bancada. O frasco escorregou de sua mão, derramando uma quantidade ínfima do líquido que impregnou em seus dedos. Em questão de segundos, ela se restabeleceu e colocou o invólucro no lugar adequado.

Na manhã seguinte, ao passar no mercado, como era seu costume, a dra. Li Xing comprou pescado, costeletas de porco e algumas verduras. Pagou em dinheiro e recebeu o troco também em espécie.

Ela ainda conseguiu trabalhar por uma semana na liderança da equipe de pesquisa. No oitavo dia, já totalmente enfraquecida, tossia e tinha febre alta. Levada para o hospital, foi diagnosticada uma crise de insuficiência respiratória aguda e grave comprometimento da função pulmonar. Os médicos tentaram de todas as formas combater a infecção; entretanto, o patógeno não respondia aos antibióticos conhecidos. A cada dia, o estado geral da cientista piorava. Os pulmões ficaram totalmente comprometidos e, mesmo entubada, ela não resistiu.

Os médicos ficaram impressionados com a rapidez com que o vírus danificou o sistema pulmonar da paciente e com a toxicidade da ação do invasor. A tempestade infecciosa foi devastadora, trazendo prejuízos a todos os órgãos vitais, não respondendo aos tratamentos convencionais. Tiraram amostras dos tecidos para pesquisa e determinaram o isolamento "pós-morte" dos restos mortais da dra. Lin Xing.

Uma morte solitária, sem a presença dos entes queridos, que sequer puderam prestar a ela uma última homenagem.

Nos dias seguintes, vários outros pacientes foram internados e desenvolveram um quadro de insuficiência respiratória parecida. No princípio, não se pensou em uma quarentena hospitalar, o que de certa forma contribuiu para a proliferação do vírus e a consequente ocorrência de novos casos. Somente após algumas semanas, com a divulgação dos casos na internet, o governo começou a tomar medidas de isolamento, rastreamento e monitoramento dos pacientes. Era uma batalha inglória, sobre a qual não se podia prever o resultado.

Aos poucos, as notícias foram se espalhando pelo mundo, dando conta de casos isolados de infecção, que logo se tornaram pandêmicos.

Os estudos posteriores comprovaram que a quebra dos protocolos de segurança no laboratório dirigido pela dra. Lin levou à disseminação do vírus.

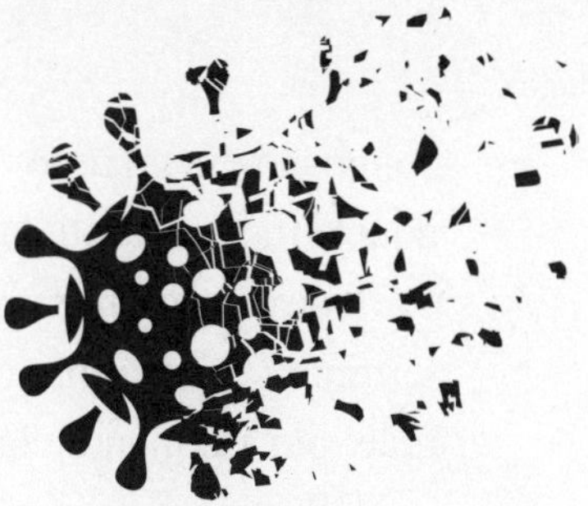

Capítulo XI

> Eu acho que os extraterrestres estão no nosso caminho.
>
> **Robbie Willians**

Cindy falou com sua mãe sobre os contatos que fizera com os outros, e que no final da tarde iriam se conectar por telepatia. Como a mãe era aficionada pelos seres alienígenas, programou todo um cenário para aguardarem pelo momento. Prepararam lanches, pegaram Jack, entraram no carro e foram para um local quase deserto nos arredores da cidade. Era um momento que sua mãe sempre havia esperado: fazer um contato imediato de terceiro grau, como eles diziam na juventude. Mesmo que não fosse com ela, era como se estivesse participando. O local escolhido foi debaixo de uma árvore, onde forraram o chão com uma toalha, comeram alguns sanduíches e ficaram aguardando pelo horário de estabelecer o contato.

Cindy estava ansiosa. Pegou seu cãozinho, que estava entretido com umas borboletas, e o apertou no colo. A proximidade dele lhe trouxe um pouco de serenidade. Por mais que os sonhos tivessem feito uma aproximação mental com os outros, aquele momento ainda era uma experiência surreal para ela.

Como imaginar uma conexão telepática com seres extraterrenos? Nunca fora uma aficionada nessas teorias como sua mãe; por isso, para ela, o momento era de grande apreensão.

Observava as pessoas caminhando por entre o verde do ambiente e questionava o motivo de, com tantas pessoas no mundo, ela ter sido escolhida.

Sua mãe sentiu a tensão do momento, acariciou seu cabelo e deu-lhe um beijo na testa. Um arrepio percorreu seu corpo como um sinal de alerta.

Chegara o momento. Fechou os olhos e esperou a conexão.

Li Chung se isolou em seu quarto. Ele e os avós moravam em uma pequena casa perto da linha do trem. Na redondeza existiam duas fábricas de fertilizantes e muitos caminhões transitavam por ali, o que fazia do entorno um espaço extremamente barulhento. Por isso preferiu aguardar a conexão em seu quarto, que era um ambiente mais amistoso, onde ninguém o incomodaria.

Para ele, que viera de tradições culturais milenares, essa teoria de contatos extraterrestres não era real. Entretanto, ficar negando os acontecimentos que se desencadearam em cada um deles, naquele turbilhão de sensações inexplicáveis, também não seria uma atitude coerente. Mas ainda não se conformava em ter essa enorme responsabilidade diante de algo tão desconhecido.

Sentiu um leve choque em seu corpo e, automaticamente, fechou os olhos.

Mário parou o táxi em um parque da cidade de Barcelona, recostou o banco e aguardou o momento de falar com os demais.

Desde que recebera as primeiras mensagens em sonho, se questionava sobre o que poderiam significar aquelas aparições. Nunca fora ligado a coisas esotéricas ou extrassensoriais, e suas crenças eram afetas à religião católica, uma herança de seus ancestrais.

Quando criança, ouvia sua mãe falar sobre aparições de santos e virgens, incentivando-o a acreditar na existência de seres sobrenaturais; ainda assim, essas mensagens abstratas lhe causavam extremo desconforto emocional, pois não encontrava respostas adequadas para esse processo sensitivo que estava vivendo. Foi um alívio quando ocorreu o contato com os outros membros. Esperava agora poder esclarecer os fatos e, com isso, encontrar um motivo para tantas perturbações.

Quando chegou a hora, se ajeitou no banco do carro, ligou o motor para acionar o ar-condicionado e esperou. Fez o sinal da cruz e começou a rezar em silêncio, pedindo a proteção de Deus.

Carlos não tinha dúvida da grandeza do momento que viveriam ao fazerem esse contato. Acreditava piamente em compartilhamento do Universo, em vidas nas galáxias distantes e que uma inteligência superior observava a Terra constantemente. Nesse caso específico, ele cumpria uma missão designada há muito tempo. Seus sonhos tinham sido os mais reais e reveladores, fazendo com que chegasse com maior rapidez aos outros membros. Mas sabia que a força interior de James seria o fio condutor das ações. Carlos tinha conhecimento que ele não acreditava nessas conexões intergalácticas, mas sabia também que sua determinação e sua consciência o levariam a assumir o comando dessa missão, tão importante para a humanidade.

Uma hora antes, havia se deslocado para o parque do Ibirapuera, na região sul de São Paulo, procurando um lugar bem isolado e tranquilo. Enquanto aguardava, observava as pessoas caminhando despreocupadamente. A maioria sequer imaginava o que estava acontecendo, e como tudo impactaria suas vidas.

Sentiu uma energia forte ao seu redor. Fechou os olhos e logo conseguiu ver os demais no seu subconsciente.

James sorriu ao perceber todos conectados, e em seguida suas mentes foram invadidas pela voz que havia conversado com ele no lago.

– Chegou o momento de começarem a liberar a cura. O vírus já está na Terra. A concentração de vocês, guiada pela força do James, vai liberar uma energia que atingirá as pessoas onde elas estiverem. Através da minha condução, vocês verão as pessoas sendo impactadas. Para elas será quase imperceptível, mas o objetivo será alcançado. Assim, os humanos sensíveis receberão a cura; e, ao tocar outras pessoas, conseguirão transmiti-la...

– Mas nem todos serão curados – Li Chung sussurrou para si; mas acabou interrompido pela Voz, que respondeu, embora não fosse uma pergunta.

– Exatamente.

– As pessoas sentirão alguma coisa? – Cindy aproveitou o espaço e questionou, pensando que seria um alívio poder falar sobre isso para todos que conhecia.

– Podem sentir ou não, mas isso não interferirá no recebimento da cura – e sabendo o que a moça pensava, continuou: – A regra do toque também se encaixa para vocês. Toquem, de qualquer forma, em todos que cruzarem seus caminhos.

– Podemos criar outras formas de contato? – Mário perguntou.

– O que for necessário. Vocês encontrarão outros meios. As pessoas captarão a mensagem.

A Voz vasculhou a mente deles à procura de mais dúvidas. Havia milhares, mas nenhuma que coubesse responder no momento.

– Vocês são essenciais para essa missão, mas não estarão sozinhos: acompanharemos cada passo que derem. Comecem agora! – concluiu.

A última frase fez seus corações acelerarem, enquanto uma sensação gelada percorria seus corpos.

Não ouviam mais nada, mas a presença do que quer que fosse que falara com eles se mantinha ali, como havia dito.

– Vamos fazer conforme nos orientaram – a voz de James quebrou o silêncio.

Todos concordaram com a cabeça e fecharam os olhos.

Foram trinta minutos que pareceram uma eternidade. Assim que a Voz silenciou, James assumiu a liderança da concentração, mesmo sem tomar conhecimento disso. Através do pensamento, uma energia forte e volátil viajou pelo universo, atingindo as pessoas onde quer que estivessem. Quando abriram os olhos, tudo em volta corria normalmente. Era como se nada tivesse acontecido.

James sentiu uma sensação de impotência e incredulidade. Algo muito além de sua compreensão estava em curso. Seguiu para casa envolto em conjecturas, cada vez mais impactado pelos acontecimentos. Estava louco para abraçar Claire, dizer o quanto a amava, e como era feliz por tê-la ao seu lado. Teve vontade de abraçar sua família, seus amigos e parentes.

Cindy chorava, recostada nos ombros de sua mãe. Ela não sabia o que se passara com a filha, que ficou por longo tempo de olhos fechados sem dizer uma palavra. Agora, tudo que sentia era esse abraço forte e reparador. Continuaram por algum tempo imóveis sem dizer uma palavra; depois levantaram-se, entraram no carro e foram para casa. Alguma coisa mudara em suas vidas, mas não sabiam se para pior ou para melhor.

Mário ligou o táxi e dirigiu por algum tempo. Andou pela cidade sem rumo, tentando organizar os pensamentos. Muitos passageiros acenavam com a mão, mas ele não tinha condições de pegar ninguém naquele momento. Chegou em casa, pegou o filho nos braços e o beijou, segurando a esposa junto a eles. Não disse nada, apenas agradeceu por estarem juntos.

Carlos sentia-se reconfortado por haver conseguido conectar as pessoas escolhidas para aquela missão. Tinham um longo caminho pela frente, mas tudo caminhava para dar certo.

Chegou em casa, viu a esposa preparando o almoço na cozinha e os filhos cuidando das tarefas escolares. Não pôde deixar de sentir uma pontada no coração. Eram pessoas inocentes, como tantas outras que não sabiam o que estava por vir. Felizmente ele estava ali para protegê-las; só não sabia até quando.

Li Chung agora entendia que havia um propósito maior naquelas mensagens que eles receberam. Ele adorava fazer contato com todos os seus clientes e conhecidos, e isso passou a ser uma missão para salvar vidas. Nada mais gratificante para ele. Faria o melhor que pudesse para atingir os objetivos traçados, mesmo sem entender direito o seu papel naquele processo.

Para todos, foi uma experiência inacreditável. Haviam acabado de fazer uma conexão mental, na qual cada um ouvira em seu próprio idioma, como se alguém falasse diretamente em suas mentes, sem interferência física ou mecânica.

Se algo dessa magnitude aconteceu, era bem factível que os contatos mentais realizassem a cura, conforme aquela Voz dizia. Era preciso seguir em frente, já que a orientação era de que os próximos meses seriam cruciais para tudo que estava para acontecer.

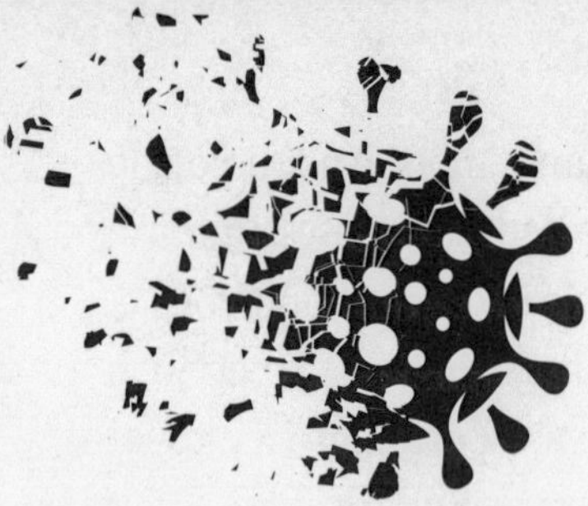

Capítulo XII

> Na minha condição oficial, eu não posso comentar a respeito de contato com extraterrestres. Entretanto, pessoalmente, eu posso lhe garantir: nós não estamos sozinhos!
>
> Charles Camarda

Estavam no início da primavera e, segundo a Voz que os orientava, a calamidade começaria entre o final daquela estação e o início do verão. A prioridade era imunizar o maior número de pessoas que pudessem. Para isso, precisavam concentrar forças no contato através das ondas telepáticas.

No outro dia, assim que conectaram, James transmitiu aos parceiros suas preocupações.

– Não podemos sair por aí dizendo que seres de outros planetas aconselham as pessoas a se tocarem. Precisamos encontrar outras formas de chamar a atenção. Que instrumentos temos em mãos para fazer isso acontecer?

– Se vamos ser guiados, orientados, sei lá, o melhor canal é a internet. Em pouco tempo faríamos a mensagem chegar a bilhões de pessoas – sugeriu Cindy.

Carlos sorriu, disfarçando a satisfação. Ele já conhecia o impulso da internet, ainda mais quando guiada por forças tão poderosas.

Todos concordaram que, além do contato mental, a internet seria uma importante ferramenta de comunicação global.

Os encontros diários passaram a impactar as pessoas em todas as partes do planeta. Nos primeiros trinta minutos após as dezoito horas, uma grande onda de energia viajava através do pensamento e atingia as pessoas, onde quer que elas estivessem.

O trabalho ganhou velocidade. Mais e mais pessoas eram impactadas pelo planeta todos os dias através das ondas cerebrais.

Paralelamente, os cinco membros criaram perfis na internet para falar sobre o tema e divulgar ideias que ajudassem as pessoas a saber da existência do assunto, acreditando ou não.

James criou um perfil chamado "Fortalecimento Imunológico", em que abordava vários temas de saúde, extratos de publicações científicas e depoimentos de pessoas famosas. Fazia publicações relatando a importância da formação de anticorpos naturais para combater as doenças. Em seus posts, citava exemplos de males que haviam sido tratados pelos anticorpos. Falava sobre vacinas desenvolvidas com fragmentos dos patógenos que as geraram, e também de como o próprio corpo muitas vezes é o melhor combatente das infecções oportunistas. Incentivava as pessoas a acreditarem na ciência e a tomar os cuidados necessários para a preservação da vida.

Mesmo não sendo cientista, isso chamou atenção das pessoas. Estudos foram desenvolvidos por pesquisadores, certamente influenciados pela força exterior. O perfil atingiu milhares de seguidores e se fracionou em vários outros perfis, alcançando milhões de pessoas.

Por outro lado, no trabalho, na família, entre os amigos, James começou a distribuir tapinhas nas costas, abraços e beijos. Todos notaram seu comportamento amistoso, e diziam que Claire era a culpada por essa mudança tão repentina. Ele não se importava. Incentivava cada vez mais contatos e isso era bom para a missão que tinham pela frente.

Sabia que suas iniciativas estavam sendo potencializadas no subconsciente das pessoas e que, mesmo sem entenderem a dimensão dos acontecimentos, estavam se protegendo.

Cindy aproveitou que já se vestia de forma diferente, com seu estilo descolado, e praticamente criou uma personagem. Dividiu o cabelo ao meio, trançou as pontas e amarrou duas bolinhas coloridas na extremidade. Esse perfil passou a chamar a atenção, e em menos de duas semanas ela já era conhecida por todo o shopping. Abraçava todos que encontrava. Na rua, no metrô, no ônibus, passou a ser chamada "a garota do abraço". Criou um perfil denominado "Abrace Forte" e o disseminou nas redes sociais. Em menos de duas semanas já contava com mais de um milhão de seguidores.

Incentivou pessoas de todos os continentes a criarem outros perfis do Abrace Forte e, pelas informações dos sites de monitoramento, já eram bilhões de seguidores por todo o planeta.

Mário e seu primo Pedrito pintaram os carros na cor púrpura, e chamavam atenção por onde passavam. Na porta escreveram "Transporte Solidário", e também levaram para a internet a ideia de conversarem e cumprimentarem o maior número de passageiros. Cada um que entrava no carro era recebido com um aperto de mão e um toque nas costas. As mãos fechadas, tocando a outra mão também fechada, passou a ser um sinônimo de cumprimento espontâneo.

Muitos turistas às vezes estranhavam essa intimidade, principalmente aqueles de países onde isso não era comum; entretanto, quando se deparavam com o sorriso e o olhar transparente dos motoristas, tudo ficava bem. O filho de Mário, Tomaz, gerenciava vários grupos nas mídias sociais com incentivo ao compartilhamento e ao toque. Logo seu modo de levar e trazer os usuários encantou o mundo e foi sendo compartilhado também. Cópias idênticas de seus carros, nas cores e nos dizeres, foram encontradas em várias cidades ao redor do mundo.

Não havia um país do mundo em que o Transporte Solidário não fizesse amigos e seguidores. Transformou-se em uma febre globalizada.

Em Shanghai, Li Chung acelerava sua motoneta cada vez mais. Suas entregas ganharam um salto de produtividade, deixando os chefes intrigados. Tudo que ele pegava para entregar chegava ao seu destino de forma rápida e segura. Cumprimentava a todos com afagos, e sua performance acabou sendo copiada por centenas de outros entregadores.

Quando tomava o trem para casa, ou na hora que se dirigia ao trabalho, ele entrava no primeiro vagão e descia no último, e todos os passageiros eram tocados em cada viagem que fazia.

Os demais não sabiam, mas Carlos era um assíduo frequentador do mundo digital. Dezenas de grupos e comunidades na internet já conheciam suas posições acerca das grandes mazelas da sociedade, como a falta de cuidado com as crianças, com os mais velhos e com o meio ambiente. Juntou a isso sua preocupação adicional com as pessoas para que se amassem e compartilhassem isso entre elas, motivando famílias a se reunirem, amigos se abraçarem e colegas de trabalho a promoverem a empatia. Em pouquíssimo tempo, milhões de seguidores já estavam inscritos em seus canais virtuais.

Todos queriam participar da "Corrente do Bem", como ele chamava suas interferências.

A cada novo contato entre os cinco, recebiam da Voz as novidades e atualizações sobre o desempenho da missão, que estava sendo bem executada. Milhões de pessoas já haviam se conectado em várias partes do mundo. Segundo ela, a maioria dos idosos poderia sofrer mais, pelo fato de terem o sistema imunológico menos resistente. E os adolescentes tinham mais chances de cura, por praticarem uma maior interação social.

A cada encontro, eles se sentiam mais autoconfiantes. Já conseguiam se conectar individualmente e compartilhar a sensação gostosa de saber que sua dedicação estava salvando vidas.

A força do pensamento expelida a cada encontro era tão poderosa que, assim que a conexão se estabelecia, as pessoas mais sensíveis, onde quer que estivessem, percebiam algo diferente. Era como se uma corrente elétrica de pequena intensidade percorresse o corpo delas. E embora não compreendessem ou soubessem explicar, a partir daquele momento passavam a ficar imunes ao vírus e a distribuir essa cura em quem tocassem. Essa abundância de energia se espalhava por todo o planeta, levando uma mensagem benfazeja ao inconsciente de grande parte da humanidade. Tal como a Voz havia informado.

Capítulo XIII

Se não existe vida fora da terra, então o Universo é um grande desperdício de espaço...

Carl Sagan

Em novembro de 2019, em um hospital na cidade de Wuhan, o dr. Li Wenliang atendeu um paciente que apresentava uma infecção respiratória desconhecida. Ele denunciou que se tratava de uma forma aguda de infecção, e que o caso deveria ser investigado pelo governo chinês. Ao invés de pesquisarem sobre a enfermidade, as autoridades passaram a investigar o médico e seus amigos, alegando que iniciaram boatos sobre uma nova doença.

O médico alertava para a letalidade da infecção, que em menos de duas semanas já havia causado sete óbitos no hospital em que trabalhava. Os pacientes não reagiam quando tratados pelos protocolos convencionais para infecção respiratória.

Ele não se lembrava, mas havia atendido a dra. Li Xing algumas semanas antes, quando ela procurara o hospital afetada por um quadro grave de insuficiência pulmonar. Como eles não sabiam que se tratava de uma enfermidade tão avassaladora, o atendimento se deu na emergência, onde muitos outros pacientes esperavam suas consultas.

A partir de então, a praga se espalhou sem controle. Foram meses estressantes, em que ninguém sabia ao certo o que estava acontecendo. As pessoas chegavam acometidas pela doença, morriam e eram levadas pelos seus parentes sem os cuidados necessários de isolamento e controle. Nem os médicos, nem as autoridades, e muito menos a população, não tinham ideia da gravidade e nada podiam fazer a respeito.

O dr. Li Wenliang veio a falecer com os mesmos sintomas dos pacientes que atendera, deixando esposa e uma filha de 5 anos.

Com o aumento dos casos, as autoridades responsáveis reagiram descompassadamente. Primeiro negando, depois difundindo informações falsas sobre mortes e infectados, sem contudo tomar as providências necessárias.

A Organização Mundial da Saúde passou a acompanhar o governo chinês, auxiliando no monitoramento dos casos até conseguirem fazer o sequenciamento genético do vírus, orientando para que fizessem a quarentena dos infectados.

A enfermidade foi batizada de novo coronavírus (covid-19) causada pelo vírus SARS-CoV-2, uma variação de outros vírus respiratórios; no entanto, este novo vírus trazia informações genéticas desconhecidas pelos cientistas. Em quatro meses, a epidemia causou mais de quatro mil mortes na China e um total de mais de cem mil infectados.

Não demorou para que outros países fossem afetados. A Europa experimentou um verão catastrófico. Alguns países, como Itália, França, Espanha e Reino Unido, sentiram um impacto maior que outros.

Em cada lugar do mundo, medidas foram tomadas levando em conta o pouco conhecimento a respeito do vírus. Essa falta de informação causava medo e angústia. As pessoas evitavam se tocar, literalmente fugindo umas das outras. Uma simples ida ao supermercado era causa de pânico e constrangimento – tinham medo até de tocar nos alimentos.

Os profissionais de saúde ficaram muito pressionados, pois, em face de sua profissão, não podiam evitar o atendimento dos pacientes. Decorreu uma enorme quantidade de médicos, enfermeiros, motoristas de ambulâncias e socorristas mortos pela pandemia.

Com o tempo, as principais medidas foram incorporadas pela população. Evitar o contato, uso de proteção facial e higiene das mãos foram surtindo efeito e o controle da pandemia estabeleceu uma nova ordem social. Mesmo assim, antes da diminuição dos casos, muitas mortes foram contabilizadas e muitas famílias ficaram em pedaços.

Esforços descomunais dos governantes, juntamente com a sociedade civil, envolvimento de cientistas, universidades e laboratórios de pesquisas produziram vacinas em tempo recorde. Logo que começaram a ser aplicadas, os efeitos foram imediatamente sentidos. A diminuição das transmissões e principalmente dos óbitos trouxeram alívio para a população.

Uma lição havia ficado como legado para a humanidade: o engajamento de todos e a solidariedade faziam a diferença na hora de enfrentar um inimigo invisível e tão traiçoeiro, que não avisava como, onde e nem quem iria atacar.

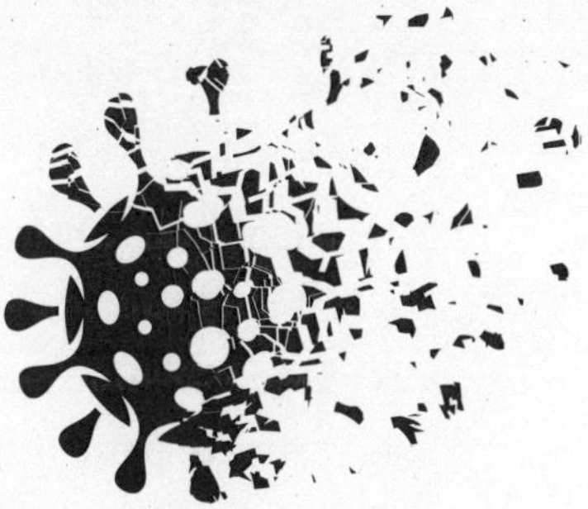

Capítulo XIV

> A maravilhosa disposição e harmonia do universo só pode ter tido origem segundo o plano de um Ser que tudo sabe e tudo pode. Isso fica sendo a minha última e mais elevada descoberta.
>
> Isaac Newton

Algum tempo depois, a Voz informou aos cinco que não havia mais necessidade de se reunirem daquela maneira, e que em breve saberiam o que fazer. A epidemia havia se alastrado e ninguém poderia ter contatos não protegidos. Foi o fim dos encontros telepáticos. Embora não soubessem o que esperar dos próximos passos, com a catástrofe virando o planeta de ponta-cabeça, eles se esforçaram para seguir com suas vidas.

Cindy enfrentou uma profunda depressão com os desdobramentos do flagelo imposto aos seus semelhantes. Por mais que tivesse sido alertada sobre o sofrimento, a dor e o desespero, nunca imaginara uma devastação de tamanhas proporções. Por mais que soubesse da insensatez dos seres humanos, por tantas catástrofes já provocadas, essa praga criada e disseminada por eles era a mais triste e cruel. Queria crer que seu trabalho e seu esforço tinham valido a pena, e que dias melhores deveriam surgir depois de tanta escuridão e incertezas.

Por determinação do governo dos Estados Unidos, as atividades "não essenciais" estavam fechadas, e os aeroportos, restritos para muitas viagens. Então, James passou a trabalhar como motorista em uma empresa de resgate de pacientes dos planos de saúde. Se apresentou como voluntário, entendendo que seria uma forma de ajudar ainda mais na missão. Não tinha horário de trabalho. A qualquer hora era chamado para buscar ou levar pacientes.

Já exausto por passar muitas noites em claro, James concordou com a sugestão de Claire em aproveitar um dia de folga visitando os lugares onde faziam caminhadas e trilhas. Mesmo em companhia da namorada, e fazendo as coisas de que gostava, não se sentia confortável. Sofria com a impotência diante das perdas que não podia evitar.

Na montanha, caminhou exaustivamente. Era uma forma de penitência. Depois de algum tempo, Claire sugeriu que voltassem para o acampamento. Estava cansada e com fome. Após um lanche, se recolheram para dormir. James não pegou no sono imediatamente. Rolava de um lado para outro, inconformado por não ter mais orientações sobre como poderia ajudar a minimizar o sofrimento das pessoas.

Ao adormecer, sentiu a presença das forças exteriores que o seguiam desde a primeira vez que os encontrara naquele local. Aquela luz forte o envolveu, levando-o a flutuar como uma pena em direção a um plano superior. A sensação era de que tinha sido teletransportado para outra dimensão. Um amplo espaço se abriu em sua frente. Não tinha paredes e nem teto. A visão se confundia com os limites da projeção da luz. Alguns vultos se moviam envoltos em uma densa fumaça azulada.

Seus olhos foram se acostumando com o ambiente e, de repente, percebeu a presença de outras pessoas. Em um canto, Cindy olhava para a frente. Estava em pé e parecia que flutuava. Correu as vistas novamente e notou a presença dos outros amigos. Carlos, Li Chung e Mário olhavam para o vazio da grande galáxia que se perdia no horizonte.

Eles estavam telepaticamente unidos de novo. Viam-se, uns aos outros, como se estivessem fisicamente juntos; no entanto, a sensação era de distanciamento.

Uma fresta de luz emanou de uma lateral do espaço onde eles se encontravam. Acompanhada de uma névoa branca, o contraste formava uma onda azulada semelhante àquela que aparecia nos sonhos. Todos se viraram para o local de onde vinha a luz. Instantes depois, a Voz ecoou nos seus subconscientes:

– Agradeço o esforço que fizeram para salvar o maior número de vidas possível. Não é fácil para nós interagir com as pessoas na Terra. Somos mal interpretados todas as vezes que tentamos uma aparição, por isso trabalhamos quase sempre nas sombras. Vocês foram multiplicadores, e o trabalho que fizeram evitou que muitas pessoas fossem contaminadas.

Eles prestavam atenção nas palavras que invadiam suas mentes, sem saber ao certo de onde vinham.

Cindy olhou para o espectro de luz e mentalmente formulou a pergunta:

– Por que fomos escolhidos para fazer esse trabalho, e por que estamos aqui?

A Voz retrucou:

– Não escolhemos as pessoas propositalmente. Muitos de vocês já estavam conectados conosco, mesmo sem saber. No seu caso, Cindy, seu pai era uma pessoa ligada ao nosso mundo, mesmo antes de você nascer. Os outros foram escolhidos pelo fato de suas conexões serem amistosas. Com os antepassados de Mário, nós tivemos contatos em nossas visitas à sua terra natal. O mesmo ocorreu com Li Chung. Sua mãe era ligada com nosso mundo. Essa possibilidade de conexão é uma coisa percebida no subconsciente de cada um. E vocês estão aqui para entender a complexidade de tudo. Por favor, olhem para aquele ponto mais brilhante à frente de vocês.

O grupo obedeceu. A massa de energia se deslocou um pouco, as imagens cresceram como se uma tela de projeção fosse aumentada. A Voz continuou falando no subconsciente deles:

– Daqui vocês podem ver a parte da galáxia em que estamos, e aquele ponto luminoso é a Terra. Prestem mais atenção e poderão ver o país, as cidades e os lugares onde vocês vivem. Esse enorme contingente de pontos pretos são as pessoas, os carros, movendo-se de um lado para outro. Os verdes são nossos conterrâneos, que vivem infiltrados entre vocês na Terra. Já estamos aí há milhares de anos, sem que os terráqueos percebam.

– Há alguma razão para passarmos por essa pandemia? E por que estão nos ajudando? – James quis saber.

A projeção foi deslocada para outro ponto e apareceu uma sombra cinzenta com milhares de pontos mais escuros ainda. Então ela respondeu:

– Não existe maldade somente na Terra. Olhem para essa parte do Universo. São entes do mal que habitam certas regiões, e com os quais vivemos em constante conflito. Muitos dos males que acometem os terráqueos e também outras comunidades extraterrestres são fomentados por essas comunidades do mal. Algumas catástrofes, como aviões que caíram, terremotos e devastações, foram causadas por eles. O próprio vírus que neste momento assola a humanidade foi uma interferência desses seres. Nós os combatemos, mas às vezes somos impotentes e não conseguimos evitar os desastres que provocam. E sabe por que tentamos ajudar? Porque vivemos em um mesmo Universo. Separados por milhões de anos-luz, mas conectados no mesmo tempo e espaço. Hoje é prejudicial para vocês, mas em algum momento pode nos atingir.

– E o que mais vocês querem de nós? – Li Chung questionou, fazendo com que os outros o olhassem, assombrados pelo tom impaciente.

– No momento já cumpriram essa parte da missão – a Voz respondeu, não demonstrando se importar com o comportamento dele.

– Isso quer dizer que ainda há algo a ser feito? – foi a vez de Mário perguntar.

– No momento certo, saberão.

Todos ouviram Li Chung bufar. Enquanto a energia foi se dissipando, outras fontes de presença se movimentaram e as luzes da projeção foram se apagando.

James sentiu novamente a sensação de flutuação e tudo desapareceu. Abriu os olhos e Claire dormia ao seu lado. O único barulho era o burburinho das águas do riacho que corriam lentamente na noite estrelada.

Assim que acordaram, James dividiu tudo com a namorada. Ainda tentava se adaptar aos contatos telepáticos, mas a sensação de levitar e encontrar os outros naquele lugar parecia demais para sua cabeça. Se fossem verdade aquelas observações, a Terra seria apenas um entre tantos planetas habitados. Havia vidas em outras partes da galáxia. Por mais que esses assuntos já tivessem sido estudados, discutidos e analisados, vivenciá-los era algo inexplicável e sem provas. James só tinha a sua palavra.

Foram caminhar nas montanhas e, quando atingiram um ponto alto, se sentiram cansados. Sentaram em um local cheio de árvores e tiraram a garrafa de água da mochila.

– Não entendo, Claire. Por que tudo parece um sonho? Por que o contato não pode ser físico, presencial e fático? Essa noite eu estive na presença dessa força superior que não sei o que é. Os outros também estavam presentes. Mas será mesmo verdade? Não seria alucinação?

– Desde que isso começou, foi tudo muito esquisito, amor. Acho que você deveria falar com os outros, saber se eles tiveram a mesma sensação. Afinal, só vocês para conseguirem falar com propriedade sobre isso.

– Acho que você tem razão – soltou James, fitando a paisagem à sua frente.

Ele olhava, mas não conseguia reparar na beleza da natureza. Seus pensamentos buscavam desesperadamente alternativas e respostas.

Claire recostou as costas em uma árvore e esticou as pernas.

– Do contrário, enlouquecerá no mundo das teorias – alertou.

James retomou sua linha de pensamento:

– Como afirmar que recebi mensagens telepáticas, que interferi na mente de milhões de pessoas através de orientações extraterrestres? Como entender um Universo em que outras comunidades interplanetárias se digladiam entre o bem e o mal? E qual o real interesse dessas formas de vida na raça humana? Como uma comunidade pode provocar uma catástrofe, e outra antever o desastre e tentar ajudar a minimizar os fatos?

– Meu amor, o que nos faz acreditar é porque você viveu essa aventura.

James sorriu.

Não sabia se conseguiria acreditar se fosse ao contrário. Mas Claire não só não duvidou em nenhum momento, como estava sempre aberta para ouvi-lo e aconselhá-lo. Ele percebeu que a ocupava demais com suas questões e dedicava pouco espaço para saber como ela estava.

– Como está sua mãe?

A súbita mudança de assunto fez Claire fitá-lo por alguns segundos, até perceber que ele aguardava uma resposta. Seus olhos marejaram.

– Não acreditamos mais na recuperação dela. A quimioterapia não surtiu efeito e tudo leva a crer que não vai resistir por muito tempo.

James enxugou suas lágrimas com as costas da mão e falou:

– Vamos acreditar no milagre. Passe o máximo de tempo que puder com ela, e conte comigo para o que precisar.

Claire sorriu, segurou sua mão e suspirou, olhando para a grama à sua frente.

– Tudo isso acontecendo não ajuda a diminuir a angústia – desabafou.

James concordou com a cabeça, ainda segurando a mão da namorada.

– Achei que por estarmos conectados e sendo informados por esses seres, teríamos respostas ou pelo menos mais informações.

– Não consigo saber o que esperar. Eu quero muito que esse vírus seja controlado e que a gente possa seguir em frente, James.

Ouvir seu nome na voz dela demonstrou o quanto falava sério. E ele entendia isso perfeitamente.

Puxou-a para seus braços.

– Vamos continuar fazendo a nossa parte. Estamos juntos, querida.

Ela se aconchegou em seus braços, fechou os olhos e suspirou profundamente.

O mais importante para James, como também para seus companheiros de jornada, era que essa última fala de Claire pudesse se concretizar. Que suas vidas não fossem afetadas de forma irreversível, e que pudessem manter o controle emocional, o equilíbrio familiar, e com isso esperar que o tempo trouxesse as explicações necessárias para o entendimento de todo esse processo que estavam presenciando e vivendo.

A experiência havia durado quatro meses, tempo em que eles se dedicaram integralmente à promoção da interatividade e aos contatos pessoais e mentais com gente de todas as partes do mundo.

Mesmo com todo o esforço dispendido por governos, institutos de pesquisa e universidades, os resultados da pandemia foram desastrosos. Quando se pensava que o vírus estava domado, surgia uma nova variante, ceifando vidas de forma trágica. Novamente, a correria das autoridades por diferentes formas de lidar com a calamidade. Ora fechando as cidades, ora permitindo circulação restrita, num verdadeiro jogo de tentativa e erro.

As teorias inundaram as redes sociais, deixando as pessoas totalmente perdidas. Líderes se comportaram irresponsavelmente, negando a gravidade da situação e levando os liderados a minimizar os potenciais riscos. Outros se dedicaram com intensidade a esclarecer o perigo, pregar medidas de proteção e distanciamento, como a OMS e os cientistas.

Com o passar dos meses, conseguiu-se uniformizar um procedimento padrão: distanciamento social, uso de máscara e higiene das mãos. Preceitos básicos que interferiam de forma positiva na transmissão comunitária.

Pelas notícias e levantamentos dos organismos internacionais e de governos locais, apesar da agressividade do contágio e da letalidade do vírus, aos poucos as autoridades sanitárias estavam aprendendo a lidar com a enfermidade e diminuindo o número de mortes. Só não sabiam como aliviar as sequelas dos sobreviventes.

Pacientes que passavam muito tempo intubados ficavam com incapacidade pulmonar e crises respiratórias. Desenvolviam doenças cardiovasculares, passavam a ter dificuldades de locomoção, concentração e perda de memória. Ainda era melhor do que perder a vida, mas não deixava de ser um desgaste emocional. O pior era não saber se ou quando tudo isso teria um fim.

James continuava obcecado pela abdução. No final da tarde, buscou um local tranquilo, debaixo de uma grande árvore e contatou o grupo. Embora o contato mental não fosse mais utilizado entre eles, ficou aliviado ao ver os demais.

Mentalmente falou:

– Ontem tive uma experiência inusitada. Sonhei encontrar aquela força cósmica que nos guiava e vocês estavam presentes. Alguém experimentou algo parecido?

– Sim. Estava em casa e de repente adormeci. Tive um sonho que me levou para outra dimensão. A Voz nos mostrou o cosmos e outras galáxias – Cindy respondeu.

– Comigo também. Queria nunca mais ter contato com nada disso. Foi legal conhecer vocês, não me levem a mal.

Mas não consigo aceitar pessoas morrendo porque não pudemos ajudar – Li Chung desabafou.

– Não é culpa nossa, e sim por não serem receptivas – Mário soltou, mas seu tom de voz entregava que nem ele se conformava.

– Fizemos a nossa parte – Carlos completou.

Os dois também confirmaram a mesma história, convencendo James de que realmente estiveram presentes naquela conversa com a entidade ou força cósmica que parecia deter o comando de toda aquela estrutura.

– O que vamos fazer agora? – Cindy quis saber.

James olhou para Carlos, aguardando para ver se ele responderia, já que sempre aparentou saber mais que os demais. Mas seu silêncio foi a resposta.

– Vamos aguardar, enquanto seguimos nossas vidas – foi o que conseguiu dizer.

Li Chung fitava o chão, enquanto os demais concordaram com a cabeça.

– Cuidem-se – James despediu-se, finalizando o contato.

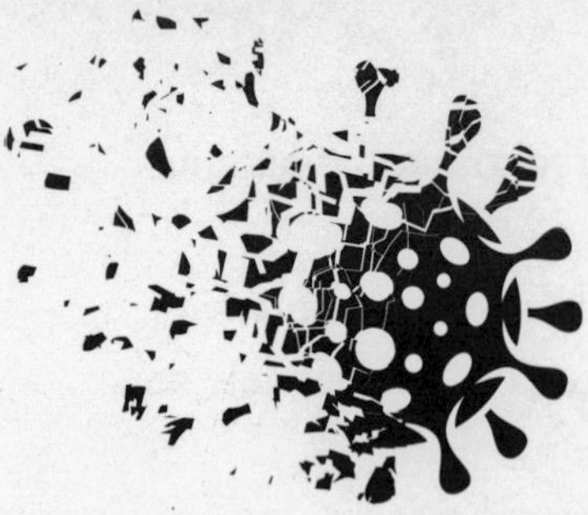

Capítulo XV

Pra quê um Universo tão grande e com tantos planetas se só um pode ser habitado? Somos tolos de pensar que estamos sozinhos...

Adam Fowler

As aparições durante o sono não aconteceram mais. Por algum tempo conseguiram fazer os contatos mentais, em que desabafavam as inquietações. James já percebia um elevado grau de estresse nas mentes dos colegas. Trocavam impressões sobre o desenrolar da pandemia e também se questionavam sobre alguma forma de ajudar mais. Acompanhavam a busca por medicamentos e, como previsto pela Voz, os cientistas avançaram, o que já representava um alívio, um consolo para suas mentes torturadas.

Li Chung marcou um encontro com a namorada, Ah-Kum, no Jardim Botânico de Shanghai. Era uma mistura harmoniosa de plantas, flores e gente. As plantas e flores assumiam as cores de cada estação, transformando-se num mosaico bastante interessante. Na primavera ficava ainda mais bonito, pela diversidade de espécies e suas florações. Ele visitava o local com seus avós desde pequeno.

Sua mãe falecera devido às complicações no parto. O pai ficou atormentado pela solidão e, quando Li Chung completou 2 anos, sofreu um infarto fulminante, deixando-o completamente órfão.

Os avós assumiram a criação de Li Chung a partir de então. Seu avô cultivava bonsais e, semanalmente, visitava o Jardim dos Bonsais, dentro do parque. Um ambiente pacato, repleto de espécies de todos os tamanhos, cercado pela arquitetura oriental que emoldurava o local.

Era uma tarde bonita de domingo; no entanto, quase ninguém saía às ruas. Uns poucos que se aventuravam usavam máscaras e não se aproximavam de outras pessoas. Imagem e comportamento que já havia visto antes da pandemia, quando era atormentado pelos sonhos e visões.

Caminhando pela alameda central, eles chegaram até um local cheio de cerejeiras. A floração de cores rosadas era tão bonita que ele sentiu um nó na garganta. Tanta coisa tinha acontecido em tão pouco tempo. Sentia-se impotente e emocionalmente abalado. Já não bastavam as perdas pessoais, ainda existia a grande catástrofe atingindo milhões de pessoas mundo afora. Com os olhos marejados, ele desabafou:

– Não consigo acreditar que meus avós se foram por causa desse vírus, mesmo eu sendo imune e tendo esse maldito poder de transmitir a imunidade. Se fosse para alcançá-los apenas pelo contato mental eu entenderia, mas eu os toquei e não evitei a morte deles.

Ah-Kum suspirou e observou o vento mover levemente as cerejeiras. Não estavam ali por acaso; era o local favorito dos avós de seu namorado.

Quando sua avozinha se foi, Li Chung se apoiou no avô e passou a cuidar para que nada faltasse ao velhinho. Não teve o poder de impedir que ele também fosse contaminado. Ver o avô partir foi como se tudo que envolvesse a missão, a Voz, os contatos, o tivesse traído. Não imaginava que perderia pessoas tão próximas.

– Você não deve se culpar. A gente não consegue tudo. Você ajudou muitas pessoas. Isso fez muita diferença.

– É, mas não pude salvar meus parentes. Não mereciam sofrer assim. Parece um castigo.

Ela segurou suas mãos e disse:

– Tudo está muito difícil. No hospital onde trabalho, muitos enfermeiros ficaram doentes. Alguns morreram. Médicos também perderam a vida. Chego a pensar que estamos vivos por pura sorte. Então, não fale desse jeito.

Li Chung sorriu, mas apenas levantando um canto dos lábios. Observou as gaivotas que voavam sobre o pequeno lago e suspirou.

– Já estamos juntos há cinco anos, não é, Ah-Kum? Acho que chegou a hora de oficializar nossa união. Fica até complicado falar sobre isso, mas não sabemos o dia de amanhã. Não vale a pena esperar. Se você quiser casar comigo, eu vou falar com seus pais.

Ela o fitou por alguns segundos e, quando percebeu que falava sério, seus olhos ficaram marejados e ela levou as mãos aos lábios, tentando conter um pouco a emoção.

– É claro que quero – conseguiu dizer.

Li Chung puxou o elástico de trás da orelha de Ah-Kum e retirou a máscara. Abraçou-a e beijou-a com carinho. Seu pedido de casamento era muito estranho. Sozinhos em um parque, quando a tradição era reunir as famílias e fazer uma festa, pedir a benção dos anciões e marcar a data do enlace. Mas diante de tudo que estavam vivendo, não seria possível nada disso, tamanhas as restrições impostas pelas autoridades. Nem mesmo no cartório poderiam oficializar. Decidiram que iriam morar juntos e, se em algum momento as coisas se acalmassem, resolveriam as formalidades.

O trabalho estava cada dia mais difícil. Tudo era monitorado por agentes de segurança e de saúde. Os trajetos eram muito limitados e os testes de controle da doença eram diários. Todos os exames a que se submetia davam negativos, evidentemente. Sabia-se imune ao contágio, mas ninguém acreditaria se contasse o motivo.

Na China, como de praxe, nada era muito transparente. Nos comunicados oficiais, os números de infectados e mortos não retratavam a realidade. Pelos lugares onde ele passava fazendo entregas, havia centenas de pessoas contaminadas, doentes. Muitos sequer conseguiam ir a um hospital. Na maioria das vezes, morriam junto com seus parentes e contaminavam mais pessoas, num círculo vicioso e desumano.

O sistema emocional de Li Chung estava abalado. Em parte, pela experiência vivida; e depois, pelo desdobrar dos acontecimentos, que pioravam cada vez mais. Em vez de sonhos, agora tinha alucinações. Para ele, ficava cada dia mais difícil ter um dia normal e em paz. Durante o processo de transmitir a imunidade através da mente e do toque, ele tinha um propósito, uma missão e um engajamento. A impotência daquele momento seguinte tirava todos os motivos para continuar lutando.

Seu inconsciente não conseguia se livrar dos fantasmas que povoavam sua mente. Tentava de todas as formas se libertar, mas a cada dia se sentia mais atormentado.

Muitas vezes falava sozinho, caminhando sem destino e sem propósito. Vivia ainda buscando respostas e passou a ansiar notícias sobre o fim da pandemia.

Apenas Ah-Kum lhe trazia paz. Casaram-se em um templo vazio, onde prometeram se amar para sempre.

Cindy deixou o emprego no shopping. O estresse emocional era muito grande, e ela precisava de um tempo para se recuperar.

Quando se sentia angustiada, o apoio da mãe era algo fundamental.

– Mamãe, as pessoas estão morrendo, ninguém sabe direito o que fazer para deter essa doença. Nós tínhamos condições de ajudar, e parece que não adiantou nada.

– Claro que adiantou. Veja que a proporção de pessoas infectadas é muito menor do que os imunes. Muita gente foi salva pelo trabalho de vocês. Não tenha dúvida de que valeu a pena.

Sua sensibilidade estava à flor da pele. Chorava sempre que falavam do assunto. Sua mãe ficava preocupada, mas tentava ser positiva, para não deixá-la ainda mais triste.

Elvira olhou para o celular e mudou de assunto:

– Você viu que o Tom Hanks e a esposa estão internados na Austrália?

– Não sabia – respondeu Cindy.

– Eles estão aqui rodando um filme. Foram internados, passam bem, mas terão que ficar de quarentena por duas semanas.

– Essa doença ataca qualquer um. Tanto faz ser rico, pobre, famoso. Todos estão sujeitos ao contágio. Ainda bem que estão se recuperando.

Cindy esperava que essa provação contribuísse para mudanças profundas no mundo e, consequentemente, para que as pessoas pudessem se tornar melhores.

Às vezes saía para caminhar em companhia de Jack, e nessas horas entendia como a simplicidade da vida era uma coisa importante. Ao observar o seu pequeno companheiro, balançando o rabo só por estar passeando, questionava os valores da humanidade. Toda a complexidade da vida não levava a absolutamente nada, pois a fragilidade do ser humano, quando colocada à prova, não resistia a um parasita invisível a olho nu. Era de se pensar: o que fazer com a arrogância que dominava a maioria das pessoas?

Se exercitassem mais o amor, o relacionamento e a tolerância, muitas desgraças poderiam ser evitadas.

Mas o que esperar de uma humanidade que, mesmo em toda essa situação, encontrava espaço para tirar proveito?

Havia corrupção na compra de medicamentos e desvio do dinheiro público, que poderiam salvar vidas.

Essas atitudes tornavam o momento ainda mais difícil. Como se não bastasse lutar contra um inimigo cruel e sem rosto, havia pessoas inescrupulosas que mostravam a pior face do mal, causando prejuízos e destruição de vidas por meio de seus atos criminosos.

– Preciso parar de sofrer com as atitudes das pessoas que não podemos controlar. Apesar de desumano, não tenho como fazer nada – desabafou.

– Isso mesmo, filha. Concentre-se em sua parte. Isso é da própria natureza dessas pessoas. Ser mau ou ser bom está no DNA de alguns indivíduos – concordou sua mãe.

Como as pessoas mal saíam de casa, Mário passou a ter menos passageiros e, consequentemente, problemas financeiros. Quase não saía de casa, absorto pelas notícias que vinham de todas as partes do mundo sobre o avanço da doença. Apesar do tempo disponível, ele conversava pouco com a família. Não tinha muito o que falar.

Uma tarde, estava na sala assistindo televisão quando ouviu um barulho familiar, e cada vez mais frequente. O choro baixinho da esposa.

Desligou o aparelho e foi ao encontro de Tereza. Percebendo que ele se aproximava, ela limpou o rosto com as mãos e tentou disfarçar; mas após longos anos de casamento, Mário sabia ler cada expressão de sua mulher de forma transparente.

– Vamos voltar para o Peru – ele soltou de uma vez.

Ela o fitou, com os olhos vermelhos arregalados.

– Mas e o táxi?

– Não sei como vamos pagar as contas esse mês. Já pedi empréstimo para alguns amigos. Não tenho coragem de pedir novamente. Mas Deus vai dar um jeito. Estou pensando em vender os carros e as licenças e pagar as contas. Com as sobras, vamos embora!

Observou o peito da esposa arfando e, em seguida, esvaziar com um longo suspiro.

– Também não suporto ver você sofrendo dessa maneira. Precisa estar perto da sua irmã, assim que liberarem a visita na UTI. Não conhecemos esse vírus direito, mas já vimos o que ele pode fazer – ele continuou.

Tereza voltou a chorar, e Mário se sentou ao seu lado na cama. Colocou a mão nas costas dela.

– Vamos ficar perto das nossas famílias. É tudo que importa agora – concluiu.

– Gracias, mi amor – foi tudo que ela conseguiu dizer, e em seguida o abraçou.

Mário vendeu os carros e as licenças de taxista que possuía e embarcou com a mulher e o filho para sua terra natal. Pedrito preferiu ficar em Barcelona. Tomaz poderia estudar à distância até o final do ano, pois as aulas presenciais estavam suspensas. Ele e a esposa poderiam pedir emprego aos amigos ou qualquer outra coisa. Resolveram confiar e seguir o que o destino reservasse. Não pareciam ter alternativas também.

Mário sentia um aperto no peito quando lembrava daqueles dias corridos, agitados, interagindo com passageiros e clientes e tentando levar em frente a missão de salvar vidas. Sua origem humilde e a falta de conhecimento não o impediam de imaginar que a humanidade não tinha ideia de para onde estava caminhando, muito menos que toda a existência tinha uma ponta de mistério, desconhecida pela maioria.

Saber que na galáxia existiam outras formas de vida, que até lá o bem e o mal se combatiam, mexeu com sua estrutura emocional.

No auge do contágio, ele quase perdeu a fé naquilo que estava fazendo. Ver toda a Europa em lockdown era uma cena inimaginável. Praças vazias, ruas desertas, comércio fechado. Na Espanha, pessoas foram multadas pelo simples fato de saírem de casa. Na Itália, os caminhões do exército faziam comboio para levar os mortos para o cemitério. Uma procissão fúnebre, que se desenrolava sem a presença de nenhum ente querido.

As notícias que chegavam de sua terra natal eram calamitosas. O Peru, em determinado momento, se tornou o país com a maior taxa de óbitos por covid-19 no mundo, de acordo com os institutos de pesquisa. O país atingiu a impressionante marca de quase seiscentas mortes por grupo de cem mil habitantes. Muitos parentes e antigos companheiros tinham sucumbido ao terrível mal que assolava a humanidade.

Carlos era o único do grupo que tinha consciência de tudo. Nunca duvidou da existência dos seres alienígenas e sabia que viviam entre os humanos desde sempre.

Era madrugada e, embora estivessem deitados no escuro, Nara sabia, pela respiração do marido, que Carlos estava acordado. Virou-se para ele, acariciou seu cabelo e beijou seu rosto. Sem olhar para ele, comentou:

– Todos os dias são divulgados boletins na televisão informando o número de contágios, dos infectados e dos mortos. A doença só está aumentando.

– Esses negacionistas só podem estar contaminados pelo vírus da ignorância, Nara. Duvidar do contágio, atrasar a compra de vacinas, incentivar as pessoas a não se protegerem, chega a ser criminoso – ele desabafou.

A conversa fluía como um assunto que nunca terminava. Era impossível falar ou pensar em outra coisa.

– Não faz sentido mesmo, Carlos. Parecem possuídos por um demônio da maldade. Brincam com o sofrimento alheio.

– Os hospitais não conseguem atender a demanda de pacientes. Faltam leitos, médicos estão sendo infectados. Está um caos em todos os lugares – ele continuou.

Realmente, de norte a sul do país a disseminação do vírus tomava força. No início do verão, mais precisamente em dezembro, foram aplicadas as primeiras doses da vacina na Europa. Logo depois os Estados Unidos iniciaram a imunização e os resultados começaram a aparecer.

No Brasil, algumas autoridades haviam negado a gravidade da peste e postergaram a compra de vacinas, o que trouxe consequências tristes e irreparáveis. Muitas vidas foram perdidas sem necessidade.

No dia seguinte, durante o jantar, Carlos informou:

– Hoje morreu um senador. Ele foi internado e o quadro evoluiu rapidamente. Em quatro dias já não havia o que fazer.

Nara respondeu com os olhos marejados:

– É triste saber que estas coisas estão acontecendo. Nas últimas semanas vários artistas sucumbiram à crueldade desse maldito vírus. Como tantas pessoas anônimas que estão morrendo, eles também deixam famílias dilaceradas. Me sinto soterrada pelo luto – disse, enxugando as lágrimas com um guardanapo.

Carlos observou a esposa, sentindo um peso no peito. Eram perdas por todos os lados e vinham ao mesmo tempo.

Ele sabia que haviam feito muito, mas não o bastante. Caberia às autoridades, cientistas e lideranças fazer a sua parte. Amparar os menos favorecidos e buscar soluções para debelar a peste.

Acreditava que as mentes desses líderes estavam sendo invadidas pelo eixo do mal. Aqueles seres interplanetários que não perdiam a oportunidade de se aproveitar de pessoas mais influenciáveis.

Em Manaus, no norte do país, os pacientes morriam sufocados por falta de oxigênio. Em vários outros estados, a maioria dos hospitais não dispunha de respiradores; e enquanto isso, agentes de governo e autoridades desviavam recursos e ganhavam dinheiro com a morte das pessoas.

Fazia parte da vida não saber o que esperar do futuro; mas o que os atormentava naquele momento era que as coisas pudessem ficar ainda piores.

Logo que o governo autorizou a reabertura das empresas, James se viu diante de uma importante decisão a tomar: voltar para o antigo posto de gerente corporativo, com viagens internacionais e reuniões, ou ficar perto da família.

Claire havia ficado ao seu lado o tempo todo durante o período mais difícil de sua vida. Agora, mesmo sem ela pedir, sentia-se na obrigação de retribuir. Não porque ela fizesse alguma cobrança, mas por gratidão.

Não acreditava que existisse alguém melhor que ela para compartilhar o resto de sua vida. E se havia aprendido uma coisa com tudo que estavam passando, era que deveriam viver intensamente, aproveitando cada momento como único, precioso.

Convidou-a para jantar em sua casa. Não era um chef de cozinha, mas sabia preparar um estrogonofe de frango impecável. Enquanto comiam, ele disse:

– Não quero mais viajar para outros países, Claire. Mesmo com o restabelecimento do fluxo de viagens, os contatos estão muito difíceis. E com a perda de sua mãe, prefiro ficar por perto.

– Eu agradeço, querido. Não imagina o quanto me conforta com essa atitude. Apesar de esperar pelo pior, a gente nunca está preparado para perder uma pessoa tão querida. Minha mãe vai fazer muita falta; aliás, já está fazendo.

No restante do jantar falaram sobre o que já haviam vivido, relembrando momentos engraçados, dificuldades que superaram. Tentaram não falar sobre a pandemia e todas as incertezas.

Claire não se lembrava da última vez em que havia se sentido tão bem. James causava isso nela. Exalava uma paz que se estendia para o relacionamento e a sua vida.

Ele não arriscou fazer a sobremesa, mas conseguiu encomendar um cheesecake da padaria favorita dela.

– Que noite incrível, amor. Você se empenhou tanto, preciso me preocupar? – brincou.

James riu.

– Só se não quiser passar o resto das nossas vidas comigo – ele soltou.

– Mas é claro que quero…

Claire parou de falar para observá-lo. Ele tirou do bolso um pequeno embrulho de presente.

– O que é isso? – questionou, erguendo uma sobrancelha.

As batidas do seu coração estavam tão fortes que achou que o namorado pudesse ouvir.

– Seria impossível agradecer por tudo que você é e faz por mim, amor. Mas prometo dar o meu melhor para te fazer feliz…

Ele fez uma pausa e entregou a caixinha para ela.

Com as mãos trêmulas, Claire abriu o embrulho; dentro havia uma caixinha. Olhou para James, que a incentivou com um gesto das mãos para que abrisse.

Dentro, um par de alianças brilhou como as estrelas. Ela observou por alguns segundos e, quando voltou a olhar para James, a imagem dele estava embaçada pelas lágrimas.

– … se você aceitar se casar comigo – ele concluiu.

A namorada soltou uma risada alta e deixou que as lágrimas se tornassem choro, mas de extrema felicidade. Levantou da mesa e correu até ele, saltando em seu pescoço.

– Sim! Sim! Siiiim! – ela repetiu em êxtase.

James pegou a aliança dela, tão pequena e delicada perto da dele, colocou no dedo da agora sua noiva, levou a mão aos lábios e beijou, enquanto observava o brilho no olhar da amada. Em seguida, ela fez o mesmo com ele. Se abraçaram, beijaram, beijaram de novo e abraçaram mais uma vez. Por aquele instante, nada mais no mundo importava. Estavam dominados por uma força interna, que os fazia achar que poderiam enfrentar qualquer coisa. Estariam juntos pela eternidade.

Como as restrições ainda eram muito severas, limitando as aglomerações a trinta pessoas, eles se casaram em uma cerimônia simples, com a presença de alguns parentes e amigos.

James passou a se dedicar ao trabalho de motorista, efetivando-se no quadro da empresa de entregas para a qual já prestava serviços. Ainda tinha muitas dúvidas sobre o que realmente ocorrera naqueles contatos com outras civilizações. Pensou em se aprofundar nesse conhecimento;

entretanto, os sonhos desapareceram. Ficaram apenas lembranças e muitas dúvidas sobre tudo. Entendeu que seria melhor seguir em frente, pois o que havia sido feito já era um fardo pesado demais para se carregar.

Capítulo XVI

Como planeta e como espécie, estamos em contato com outros seres.

Stephen Bassett

Os cientistas produziram vários protótipos da vacina contra a covid-19 e começaram a testá-las nos seres humanos. Os laboratórios pesquisaram diferentes técnicas para encontrar a vacina ideal. Dentre elas, uma causou bastante polêmica: a que utilizava o próprio vírus enfraquecido. Discutia-se a segurança de injetar o patógeno propositalmente no organismo, mas o método se mostrou seguro e os objetivos foram alcançados.

O plasma de pessoas contaminadas e curadas foi outra linha de testagem. Outra técnica, o RNA mensageiro – partículas da estrutura molecular do invasor que ensinam as defesas do corpo a se proteger das infecções –, também foi utilizada. Essa linguagem técnica, outrora circunscrita aos meios acadêmicos, passou a fazer parte das conversas do dia a dia das pessoas comuns. Os jornais e programas televisivos falavam o tempo todo sobre pesquisas, métodos aplicados e resultados alcançados.

A maioria dos antídotos apresentava efetividade contra o vírus, e os resultados eram cada vez mais promissores. Pelos prognósticos dos governos e das autoridades sanitárias, o vírus seria controlado em alguns meses, e com isso arrefeceria a pandemia. Ainda haveria o desafio de encontrar a cura definitiva da moléstia, que era outra etapa a ser perseguida.

Dominar um inimigo tão poderoso e letal, que surgira de repente e sem nenhum remédio para combater sua rápida disseminação, foi uma demonstração de coragem e determinação da comunidade científica e da maioria dos governos.

Normalmente, o desenvolvimento de uma vacina atravessava décadas, como no caso da imunização contra o vírus HIV, que 40 anos após o surgimento da doença ainda não havia sido descoberta. O esforço concentrado das autoridades produziu a primeira vacina contra o coronavírus em dez meses. Uma vitória sem dúvida alguma excepcional e, com certeza, guiada por instrumentos poderosos que agiram no intelecto dos cientistas.

Todas as avaliações apontavam que a atitude das pessoas teria sido o principal instrumento de combate à evolução da doença. Apregoada como distanciamento social, a política de ficar em isolamento evitou a propagação do vírus e deu às autoridades a oportunidade de amparar a população, bem como assegurou o tempo necessário para que os cientistas desenvolvessem a vacina.

Entretanto, até chegar ao ponto de um controle relativo, muitas vidas foram perdidas. Teorias de todos os matizes foram divulgadas e o sofrimento se abateu por todo o planeta. Máscaras, álcool, distanciamento, medo e cautela foi o mantra que dominou o mundo por longos meses.

A fragilidade dos seres humanos perante o desconhecido ficou patente no comportamento social. Muitas pessoas passaram mais de um ano sem sair de casa. Avós morriam de saudade dos netos. Pais distanciados dos filhos. Famílias inteiras separadas pela angústia e pelo sofrimento. Muitos se encontravam mantendo distância física, separados por cordões de isolamento. Uma verdadeira insanidade do ponto de vista afetivo. Mas essas providências garantiram que muitas vidas fossem preservadas.

Ninguém imaginava que, por trás da vitória, uma força extraordinária havia se movimentado para evitar uma tragédia maior; uma força que lutava contra outras igualmente poderosas, as quais torciam e agiam para que o mundo ficasse pior. Esses parceiros invisíveis levantaram muralhas contra a propagação da doença. Usaram seus poderes extrassensoriais para arrebanhar pessoas, que agiram por telepatia e proporcionaram que, mesmo inconscientemente, as pessoas se preparassem para enfrentar o pior.

Em muitos países – entre eles o Brasil, onde as autoridades governamentais adotaram uma orientação desordenada, com uma pregação negacionista da doença –, a adesão da maioria da população havia sido maciça.

Era de se perguntar de onde vinha a crença das pessoas no distanciamento social. Se antes elas se tocavam, se beijavam e se abraçavam, por que agora preferiam ficar distantes? Só podia ser alguma energia que trabalhava secretamente no subconsciente delas, orientando para que ficassem em casa, evitassem o contato, para que pudessem, em breve, se abraçar novamente.

Essa atitude de consciência social mereceria ser estudada por muito tempo; mas, com certeza, só quem saberia explicar eram as pessoas diretamente envolvidas nessa batalha.

Em diferentes continentes, existiram alguns heróis anônimos que lutaram incansavelmente para evitar o pior. Eles não podiam e nem deviam falar sobre isso. Não que fossem proibidos; mas os seres humanos, em geral, jamais acreditariam se eles contassem. A abdução por seres extraterrestres que orientaram suas ações e influenciaram no subconsciente das pessoas, preparando-as para enfrentar uma pandemia que eles nem sabiam se aconteceria, seria muito desafiante para a maioria delas. Além de serem chamados de loucos, eles certamente seriam ridicularizados.

Era certo que uma pequena minoria levaria a sério suas palavras, pois existem pessoas que acreditam em vida extraterrestre, que já tiveram contato e sabem que a humanidade não está sozinha no Universo. Mas, fora esse contingente de crentes, o resto dos habitantes da Terra duvida do compartilhamento das galáxias por outras civilizações.

Apesar dos grandes investimentos feitos por diversos países na busca por sinais de vida em outros planetas, este ainda era um assunto tratado com reservas. As aparições de óvnis e outros objetos voadores eram revestidos de mistério, como segredos de Estado – haja vista toda a proteção existente nas instalações da Área 51, no deserto de Nevada, ou no polêmico incidente em Roswell, no deserto do Novo México. Nem mesmo com depoimentos de autoridades governamentais e testemunhos de pilotos experientes da iniciativa privada e das forças aéreas essas aparições foram confirmadas.

Vários presidentes dos Estados Unidos, quando confrontados com perguntas sobre seres alienígenas, sempre negaram a existência deles. A NASA, agência espacial norte-americana, nunca havia admitido tal possibilidade. Em declarações recentes, cientistas da agência admitiam a existência de vida inteligente no espaço, e que dentro de duas décadas essa verdade seria confirmada.

O que ficava cada vez mais claro era que o mundo jamais seria o mesmo depois dessa tragédia. Seria preciso uma mudança radical nos protocolos existentes, na forma de convivência e na estrutura mundial. Uma nova ordem econômica, política e social deveria surgir pós-pandemia.

Asseguravam que surgiria uma coabitação mais harmônica, na qual os governos e as pessoas seriam mais cooperativos uns com os outros. A tolerância dominaria as relações entre as nações. Isso levou ao delírio os pacifistas e arrefeceu os ânimos dos grupos mais belicosos e inconformados.

James viu confirmar-se tudo que a Voz havia dito durante seus sonhos. A doença desconhecida, o sofrimento das pessoas, a grande perda de vidas humanas e a mudança radical que o mundo experimentava. O que deixava dúvidas em sua cabeça era se realmente as pessoas mudariam, se aquele sofrimento viria carregado de aprendizado.

Claire era otimista:

– Querido, esperamos sim, que o mundo fique melhor. Não é possível que tamanho sofrimento não mude a forma como as pessoas se relacionam com o Universo e com os seus semelhantes. Estamos vendo muita solidariedade, grandes contribuições de recursos para pesquisas e muito mais. Acredito que teremos uma nova ordem mundial.

– Eu entendo, Claire. Mas sou cético em acreditar que as coisas mudarão radicalmente. Eu já tive conhecimento de outras tragédias que acometeram a humanidade. Entretanto, passado o pesadelo, o ser humano assume novamente a sua mais horrenda caricatura. O egoísmo, a indiferença, o desamor. Seria uma grande vitória se dessa vez fosse diferente. Que as perdas humanas e o medo observado nas fisionomias das pessoas pudessem fazê-las compreender a finitude da vida. Abrir mão da arrogância, da intolerância, viver em harmonia com os outros homens e com a natureza. Entender que o Universo é uma dádiva a ser compartilhada, e que talvez outros seres dependam da boa vontade humana para não sofrerem grandes tempestades.

– Eu tenho esperança. Não posso acreditar que tudo que estamos vivendo não toque a alma de pelo menos algumas pessoas. Seria o mesmo que acreditar que não temos consciência para escolher sermos melhores a cada dia. Só depende de nós.

– Concordo. Depende de cada ser humano. E principalmente de entender que tudo aqui é passageiro, talvez a própria existência da Terra como a conhecemos. Por fim, a contribuição do ser humano deveria ser no sentido de aprimorar os mecanismos de proteção do planeta e da humanidade, tendo em vista que, afinal, todos habitam a mesma galáxia, por mais estranho que isso possa parecer.

– Quando essa tragédia passar, eu tenho certeza de que as coisas serão diferentes – divagou Claire.

– É claro que temos todas as chances de fazermos uma história diferente. O que me preocupa é que o mundo está cheio de relatos de tragédias e catástrofes que poderiam ter mudado a humanidade, e no entanto serviram para segregar ainda mais os pobres dos recursos e das oportunidades. A solidariedade fica parecendo uma esmola para aqueles mais necessitados.

– Muito triste isso, querido. Mas, de qualquer forma, não podemos perder a esperança de que isso um dia possa acontecer.

– Espero que sim.

Pelas projeções das autoridades, o contágio deveria ser controlado, porém não erradicado. Muitos cuidados deveriam ser tomados para que novas ondas da doença não viessem com mais força e devastação. Seria necessária uma constante vigilância por parte de todas as pessoas, no sentido de obstar uma reviravolta nos benefícios alcançados no combate à pandemia. Tudo dependeria do entendimento da população para adquirir novos hábitos e novas formas de relacionamento.

Por outro lado, a evolução humana desordenada era a chave para o surgimento de uma nova praga, que poderia causar estrago igual ou maior do que o da covid-19. Para isso, as autoridades mundiais, cientistas e a população em geral precisavam ficar atentos, buscando novas formas de se relacionar com a natureza e com o Universo. Evitar essa catástrofe passou a ser o grande desafio da humanidade.

Segundo os registros oficiais, quase 700 milhões de pessoas foram infectadas pelo vírus, e mais de seis milhões morreram. A Organização Mundial da Saúde, universidades de renome e institutos independentes, entretanto, estimavam que os números reais superassem em três vezes os números oficiais.

Uma catástrofe sem precedentes.

Capítulo XVII

> Talvez precisemos de alguma ameaça universal externa para nos fazer reconhecer o laço que nos une. Às vezes, penso que nossas diferenças desapareceriam se estivéssemos enfrentando uma ameaça alienígena, de fora deste mundo.
>
> **Ronald Reagan**

O contato entre os participantes da missão silenciou-se naturalmente com o tempo. Cada um passou a se ocupar com suas próprias atividades, e as mensagens telepáticas ficaram para trás. Como não sonhavam mais com os seres alienígenas, sobraram apenas as lembranças daquela aventura. Vez por outra, James procurava interagir nos perfis de internet dos antigos parceiros, mas até isso ele acabou desistindo de fazer.

Ficou um imenso vazio, e o mesmo acontecia com os colegas. A experiência havia sido muito forte e deixara marcas profundas. A cada vez que ia dormir, James imaginava que alguma novidade poderia aparecer.

Tinha vontade de saber mais sobre tudo que seus amigos passaram. A conversa que tiveram no espaço sideral deixou muitas perguntas sem respostas. Gostaria de voltar a ter contato com aqueles seres; no entanto, isso não dependia da vontade dele.

Quando Claire ficou grávida, James deixou o emprego de motorista e começou a trabalhar em um restaurante em La Villita, perto de sua casa. Sua esposa já trabalhava em uma galeria de arte no distrito, e assim puderam ficar mais tempo juntos. Os dois levavam uma vida tranquila e evitavam tocar no assunto dos contatos com outras civilizações. Ela sabia que o esposo jamais se esqueceria daquela experiência, então procurava não avivar sua memória.

Nos finais de semana, eles voltavam para o camping ao lado das montanhas. Era um lugar que os agradava e também fora palco do início dos contatos. Sabia que James esperava voltar a sonhar com os habitantes do mundo exterior. Ele ainda aguardava respostas. Claire via a frustração nos olhos dele, a cada vez que nada acontecia. Mas não durava muito. Com a aproximação da chegada do bebê, a nova rotina passou a mantê-lo ocupado.

De certa forma, ter vivido aquela experiência, descobrir que havia seres fora da Terra que os ajudaram a diminuir o impacto de um vírus letal contra a humanidade, fez valer a pena. James passou a acreditar que havia um propósito para a sua existência, ainda que fosse apenas naquele momento.

Claire entrou no último mês de gravidez. Andava bem devagar para conseguir segurar a barriga, que não parava de crescer. Alguns dias antes do parto, ela pediu licença no emprego e ficou em casa esperando o momento de ir para o hospital. Era um menino e o nome escolhido foi Walker, em homenagem ao pai de James. Eles estavam felizes e ansiosos com a chegada daquele presente.

O parto ocorreu sem complicações. Logo que terminou, ela foi para os aposentos descansar. Algum tempo depois, a enfermeira levou o bebê para que o amamentasse, enquanto James acompanhava tudo sentado em uma cadeira no canto do quarto. Quando Walker deu-se por satisfeito, ele pegou o garoto nos braços e caminhou pelo aposento.

De repente, uma lufada de vento empurrou as cortinas e uma luz penetrou no ambiente através da janela.

James parou, estático, olhando na direção de onde vinha a luz. Claire levantou o mais rápido que conseguiu, pegou o bebê e o protegeu entre seus braços, observando o marido, que não parecia assustado.

A projeção da luz tinha no máximo um metro de diâmetro e deslocou-se vagarosamente, até ficar no centro do quarto. Seus raios multicoloridos projetavam-se sobre o garoto, movimentando-se de um lado para outro. James sentiu aquela estranha sensação de energia pelo corpo; e ainda que levasse uma vida inteira, jamais deixaria de reconhecer *a Voz*, que mais uma vez, invadiu sua mente.

– Seja bem-vindo, Walker. Você será de grande ajuda para o equilíbrio da vida no Universo daqui a mil setecentas e vinte e oito luas. Não tenha medo, estaremos por perto para protegê-lo.

A energia se deslocou vagarosamente para a janela e desapareceu. James olhou para o bebê, que dormia placidamente, e ficou se perguntando se o filho também ouvira aquela mensagem.

Voltou-se para Claire; ela observava Walker, com lágrimas descendo pela face.

– Querida, você viu o que aconteceu?

– Sim, amor. Vi e também ouvi o que aquela coisa disse. O que isso significa?

– Não sei. É a mesma voz que nos guiou na missão. Nosso filho não corre perigo.

Sustentou o olhar de cenho franzido da esposa, torcendo para transmitir a segurança que sentia.

– Mas o que vamos fazer?

– A única coisa que aprendi com tudo que vivi: aguardar e confiar.

Claire desviou o olhar para o filho, suspirou e o segurou com mais força, apertando-o em seu peito.

Com um dedo, James acariciou a pequena bochecha de Walker. Teve tanto medo quando soube da gravidez… colocar um ser indefeso nesse mundo tão incerto e cruel! Mas agora sabia que o filho estava protegido, muito mais do que ele, sozinho, poderia fazê-lo.

A família voltou para casa três dias após o nascimento do filho. Claire retomou os trabalhos na galeria assim que Walker completou dois meses de vida. O garoto crescia com saúde e cheio de amor.

Durante algum tempo, eles imaginaram que aquela aparição no hospital poderia exercer alguma influência sobre a personalidade do menino; mas como nada aconteceu, eles acabaram relevando aquele estranho acontecimento.

Quando Walker completou 2 anos, a família levou-o para um final de semana no camping. Ele adorava a interação com a natureza: corria para todos os lados e se banhava no pequeno riacho.

Quando ficasse maior, James lhe contaria as histórias dos antepassados que viveram naquelas terras. Guerras de conquistas entre espanhóis, norte-americanos e mexicanos. Muito sofrimento, muitas vidas perdidas. Também mostraria ao filho como a natureza assimilava todos os desgastes aos quais era constantemente submetida pelo homem, por meio do descarte irregular de lixo, do desmatamento, de bombas e de agressões diversas ao meio ambiente.

– Espero que Walker não se perca, que possa ajudar a preservar o modo de vida simples em que acreditamos.

– Ele tem muito de você, querido. Mesmo nessa pequena idade já podemos perceber a integridade de seu caráter.

– Um dia teremos que falar sobre vidas extraterrestres e sobre as experiências que vivemos há alguns anos. Espero poder falar francamente sobre isso quando chegar a hora.

– Meu amor, não é o momento de se preocupar com esses assuntos, e muito menos de criar expectativas. Deixe nosso garoto crescer em paz, e seja o que Deus quiser – tranquilizou Claire.

Ele concordou lentamente com a cabeça.

– Você está certa. Neste momento, o melhor a fazer é cuidar para que o desenvolvimento dele não tenha traumas, desequilíbrio emocional ou qualquer sinal de carência afetiva.

– Podemos tentar, né? Mas minha mãe sempre dizia que criar filhos é também complexá-los da nossa maneira – ela brincou, sentindo o peito se aquecer pela lembrança.

James riu, conseguindo ouvir na mente a voz da sogra. Se ele sentia falta dela, não conseguia mensurar o sentimento da esposa.

Puxou o corpo dela para mais perto do seu. Claire descansou a cabeça em seu ombro, com os olhos fechados.

– O melhor que podemos fazer é tentar dar a ele toda a tranquilidade necessária, ajudar para que cresça saudável…

– E amá-lo – ela o interrompeu e concluiu.

Capítulo XVIII

Nosso Sol é uma entre as cem bilhões de estrelas em nossa galáxia. Nossa galáxia é uma entre bilhões de galáxias do Universo. Seria o cúmulo da presunção pensar que somos os únicos seres viventes nessa imensidão.

Wernher von Braun

Cindy mudou-se para os Estados Unidos com a mãe. O padrasto envolveu-se em um acidente de carro, quando voltava embriagado para casa, e uma pessoa perdeu a vida. Ele foi julgado e condenado a passar os próximos quatro anos na prisão, sem progressão de pena. Como o relacionamento deles já vinha de mal a pior, ela convenceu sua mãe a recomeçarem a vida em outro lugar. Alugaram um apartamento na pequena Palmyra, distante vinte quilômetros de Quincy, um condado do estado centroamericano de Illinois, onde Elvira passou a trabalhar como arrumadeira – *clean service* – em residências particulares.

– Não entendi por que você escolheu essa cidade, filha. Com tantos lugares, como a Flórida, viemos parar aqui.

– Pretendo me aprofundar no conhecimento sobre os UFOs, óvnis, objetos voadores não identificados, como também sobre a existência de vida em outros planetas – explicou Cindy.

O condado de Quincy é a sede da MUFON (Mutual UFO Network), uma das mais antigas organizações investigativas dos Estados Unidos sobre a questão dos objetos voadores não identificados. Essa organização estabeleceu-se como uma rede de ufologia, e conta com mais de três mil membros em todo o mundo. A organização opera como uma rede global para essas investigações. Anualmente, um simpósio internacional debate o assunto, e as conclusões são publicadas no jornal mensal MUFON.

A missão da organização é estudar cientificamente o fenômeno dos óvnis para entender o que representam para a humanidade.

Depois dos eventos extraordinários de que fizera parte, Cindy queria entender um pouco mais de tudo que vivenciou. Fazia pesquisas na internet, buscava todas as informações possíveis, mas o tema era tratado sempre com reserva, ou revestido de muitas incógnitas e perguntas não respondidas. Esperava que essa organização, que funcionava desde 1969, pudesse ajudá-la.

– Mas o que você espera dessa entidade? – sua mãe quis saber.

– Conversar com os pesquisadores, entender a sistemática das investigações que eles fazem e o que de verdade existe nos contatos já efetivados.

– Já pensou que podem ter as mesmas dúvidas que você?

– Preciso começar por algum lugar, mamãe. Se não puderem me ajudar, vou me unir a eles para descobrir mais.

Desde que finalizaram a missão, Cindy não havia conseguido mais se comunicar telepaticamente com a Voz. Por um longo período, ficou imersa em conjecturas que prejudicavam suas emoções. Sua mãe a incentivava a buscar alguém que pudesse ajudá-la a entender o profundo vácuo existente em si mesma. Talvez se relacionando com pessoas que entendessem a profundidade do que ela tinha vivido poderia ajudá-la a encontrar respostas.

Entretanto, ela não tinha a segurança necessária para se aprofundar. Logo, o melhor seria trocar experiências com pessoas que acreditassem, ou no mínimo, tivessem uma visão positiva sobre o assunto.

Alguém poderia dizer que não passara de um sonho; mas outras pessoas presenciaram os acontecimentos e, assim como ela, sentiram a presença e a proximidade dos seres extraterrestres. Tudo o que eles previram, fosse nas aparições ou naquele notório encontro, tinha acontecido. Nenhuma das coisas previstas por eles havia deixado de acontecer. Então, acreditava que fora real o contato que experimentaram, e depois tudo desaparecera de repente.

Achava que encontrando pessoas mais esclarecidas, com estudos mais profundos, pudesse pacificar suas emoções.

O primeiro encontro com o dr. Begham Stuart foi bastante cauteloso. Ele atendeu Cindy numa sexta-feira à tarde, parecendo estar com pressa para encerrar a semana.

Ela começou falando que já ouvira falar das atividades da organização, e que tinha vontade de conhecer mais sobre o tema. Não falou abertamente sobre os acontecimentos que vivenciara. Como o dr. Stuart já era acostumado com a curiosidade das pessoas, principalmente os mais jovens, julgou se tratar de mais uma bisbilhoteira.

Falou vagamente com Cindy sobre os objetivos da corporação e quase encerrou a entrevista. Percebendo o desinteresse por parte dele, resolveu soltar tudo de uma vez.

– Dr. Stuart, eu tive contato com seres extraterrestres!

Ele a observou, tentando não perder o tom profissional, disfarçando a curiosidade que passara a ser dele.

– Você está me dizendo que já teve contato presencial com seres extraterrestres? Pode me dizer como foi isso? – perguntou pausadamente, mas com o cuidado de ser direto, para não deixar dúvidas.

Cindy ficou satisfeita ao perceber que finalmente havia ganhado a sua atenção.

– Sim, dr. Stuart. Eu tive contato com seres alienígenas. Não posso dizer que foi presencial, mas quase isso. Eles apareceram em sonhos, para mim e para outros. Foi uma coisa...

– Hum, mas sonho é uma coisa complicada. Às vezes as pessoas são induzidas a acreditar em uma verdade provável que, na maioria dos casos, se confunde com a realidade – ele a interrompeu.

– Mas eu posso provar que os contatos foram reais. Muitas das coisas que eles disseram aconteceram, ou estão acontecendo. Nossas mensagens estão espalhadas na internet, e foram feitas de acordo com a orientação deles.

Dr. Stuart ouvia o relato dela de forma absolutamente cética, mas tinha a experiência para conduzir o assunto, buscando possíveis relatos reais.

– Que fatos são esses?

Cindy abriu o celular e mostrou as anotações dos eventos, com datas, conversas e mensagens disparadas para os perfis da internet.

– Como o senhor pode ver, eu falava com pessoas de diferentes continentes sobre essa pandemia. Sabíamos o que iria acontecer seis meses antes do primeiro contágio.

Dr. Stuart olhou para as mensagens e depois para ela.

– Minha filha, acho que temos muito que conversar. Vamos nos encontrar aqui na segunda-feira, pode ser?

– Sim, sem dúvidas. Obrigada pela oportunidade.

Ele se levantou e a observou por alguns segundos, que pareceram horas. Quando Cindy achou que ele fosse dizer alguma coisa, ele apenas apontou para a porta, orientando que o acompanhasse.

Ela foi para casa aliviada. Ao menos agora teria uma pessoa para quem contar suas angústias. E, pelo que pudera sentir, o dr. Stuart havia se interessado de verdade pelos fatos. Era a primeira vez que não se sentia completamente sozinha.

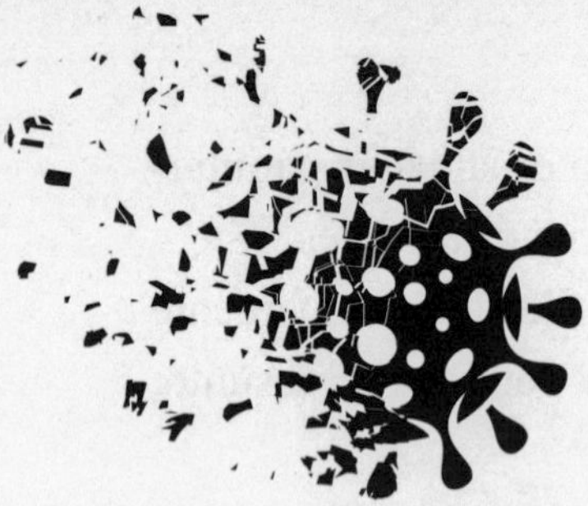

Capítulo XIX

É claro que acredito em ET. Como você pode ser tão arrogante a ponto de acreditar que estamos sozinhos nesse universo infinito?

Tom Cruise

Carlos estava fatigado com a vida corrida de São Paulo. Há muito tempo que suas convicções o levavam a buscar uma forma de vida alternativa, que o aproximasse de suas crenças. Depois que pararam de se conectar, ele não soube notícias dos componentes do grupo; e mesmo tendo o telefone de cada um, não os procurou. Também não foi contatado por nenhum deles. Parecia que nunca tinham sido parceiros, amigos ou sabe-se lá o quê. Era como um sonho, que no princípio é impactante e depois desaparece aos poucos. Também não teve outros devaneios com as entidades ou seres extraterrestres.

Suas postagens na internet continuavam fazendo sucesso e, cada vez mais, pessoas se reportavam acreditando nas teses que defendia.

Levou a esposa para jantar em um restaurante, e enquanto tomavam um vinho ele disse:

– Querida, estive pensando. Não quero mais ficar em São Paulo. Tenho vontade de buscar um local mais tranquilo para viver.

Nara, que estava com a taça nos lábios, arregalou os olhos e engoliu o vinho com dificuldade, fitando-o.

– Mas assim, do nada? Mudar para onde? Temos nossa vida aqui, as crianças estão na escola.

Ela colocou a taça na mesa e perdeu um pouco o apetite. Mudanças em geral não a deixavam confortável. E Carlos nunca havia sequer mencionado algo do tipo.

– Eu pesquisei alguns lugares e pensei em juntar o seu gosto pela natureza com as minhas crenças no esoterismo. Lembra daquela viagem que fizemos para Alto Paraíso? Aquele lugar sempre me impressionou. Cachoeiras, cristais, o Vale da Lua. Essa região no Planalto Central atrai turistas e pessoas interessadas na filosofia de vida alternativa – explicou ele.

– Lembro-me de quando estivemos lá. A cidade é voltada para a crença em extraterrestres, tem muitas cachoeiras e lugares místicos. Gostar de visitar e passear é uma coisa. Mas mudar de vez envolve tantas outras, querido.

– Com certeza, não teremos a qualidade e a infraestrutura daqui, mas acho que vamos nos adaptar. Imagina uma casa com bastante gramado para você poder plantar e encher de flores. Quem sabe ter uma horta de produtos orgânicos, para controlar ainda mais o que vamos comer?

Embora ele não estivesse brincando, Nara sorriu. Ela conhecia o marido muito bem. No fundo, sabia que ele já havia tomado a decisão.

– E podemos ter um espaço para eu pintar minhas cerâmicas? – ela quis saber, já criando uma imagem de tudo que estavam falando e curiosamente gostando.

– Claro que podemos, não consigo imaginar você sem elas.

Ele ainda falava sério, e desta vez ela riu com gosto. Carlos era assim, sério e encantador na mesma medida. Olhou para o prato, e o brócolis voltou a parecer apetitoso.

– Acho que pode ter pontos positivos – confessou.

– Vou me aprofundar mais no assunto, ver os detalhes de venda das nossas coisas e como conseguimos uma propriedade lá.

– Quando tiver certeza das possibilidades, conversamos com as crianças – ela finalizou.

Cortada pelo Paralelo 14, que também atravessa Machu Picchu, no Peru, a região de Alto Paraíso é localizada em cima de uma enorme placa de quartzo com quatro mil metros quadrados, cercada de rochas e paredões. Para os místicos, a força dos cristais protege a cidade de qualquer profecia apocalíptica. O município está a mais de mil metros de altitude em relação ao nível do mar, e abriga o ponto mais alto da Região Centro-Oeste, o Morro do Pouso Alto, com 1.691 metros de altitude.

Logo na entrada da cidade, a estátua de um alienígena dá as boas-vindas aos visitantes. Dois portais de pedras remetem ao esoterismo e, logo adiante, outro monumento tem a forma de uma nave espacial. Tudo isso desperta a curiosidade das pessoas e fomenta o turismo na região. Mas não era esse o interesse de Carlos. Ele buscava outras conexões.

Já tinha ouvido diversas histórias sobre avistamentos de óvnis na região central do Brasil, notadamente em Alto Paraíso. Conversava com pessoas de todo o mundo, e elas afirmavam que aquele sítio arqueológico reunia todas as características para receber contatos de seres de outros planetas. A altitude certa, a energia expelida das águas e dos cristais, o clima, enfim, tudo era favorável.

Muitos relatos remetiam à visita de seres alienígenas à região montanhosa do Peru; e talvez por estarem no mesmo paralelo, na região central do Brasil, também se contavam muitos eventos. Naquele lugar místico, Carlos acreditava que teria melhores condições de fazer contatos com os viventes do espaço sideral.

Com a venda do patrimônio, conseguiram comprar um terreno no Condado de São Jorge, e decidiram construir uma pousada. Um espaço reservado para a família, com tudo o que Nara tinha imaginado; mas visualizar foi ainda melhor.

A pousada ajudaria nas finanças.

Tudo foi elaborado sob uma temática futurista. Além da construção em formato de cúpula, um alienígena passou a enfeitar a beirada da piscina. Os chalés, construídos à base de cimento e ferro, foram pintados de branco, com janelas grandes e vários furos no teto. Dispensaram as telhas tradicionais e todo material usado foi feito com produtos ecológicos.

Após a inauguração, toda a família se envolveu nas diversas atividades necessárias ao funcionamento da pousada. A recepção era bastante calorosa, e os funcionários treinados para promover uma experiência inesquecível para aqueles que chegavam no pequeno povoado e se hospedavam lá.

Incensos e aromas foram espalhados por todo o ambiente. Luzes coloridas, música suave e intuitiva levavam os hóspedes a se imaginarem em uma dimensão que beirava o surrealismo. Aquele experimento sensorial tornou a pousada a principal propagandista do local, que passou a atrair cada vez mais pessoas.

Carlos fundou uma comunidade denominada "Irmandade do Futuro", que, no começo, tinha apenas ele, a esposa e o casal de filhos menores como membros, mas logo começou a ganhar adeptos. Com o aumento dos frequentadores, eles usaram uma parte do terreno ao lado da pousada e construíram um local para as reuniões. Ficou sendo conhecido como o Templo das Meditações.

Nas reuniões, ele não pregava nenhuma obediência a dogmas e conceitos; apenas falava sobre temas ligados ao naturalismo, ao Universo e à possibilidade de vidas extraterrestres. Cada participante podia se expressar da forma que quisesse, exceto sobre assuntos político-partidários ou de ordem financeira. Quem pudesse contribuir com alguma doação era bem recebido; entretanto, nada era obrigatório.

Depois de alguns anos, a comunidade passou a ser conhecida internacionalmente. Muitas pessoas de várias nacionalidades visitavam o templo, ouviam as pregações e se inebriavam com o ambiente místico. Muitos sequer compreendiam o nosso idioma, mas saíam bastante impressionados com tudo que encontravam.

Nara se adaptou rapidamente ao novo local. Uma pessoa simpática, muito inteligente e espiritualizada, desenvolvia pinturas em cerâmica, artesanatos e cozinhava divinamente. Criava opções saudáveis no cardápio de tudo que era servido na pousada. Tinha o maior prazer em ajudar nos preparos.

De maneira geral, o clima era agradável. As maiores reclamações eram dos hóspedes que gostariam de morar ali, mas precisavam retornar para suas casas. A pousada exercia um tipo de magnetismo: marcava cada visitante, que levava consigo uma parte daquela energia quando partia.

Do outro lado do mundo, as coisas se desenrolavam de outra forma. Li Chung abandonou o trabalho de entregador e passou a fazer serviços temporários. Uma entrega aqui, outra ali, sem compromisso. Mesmo com o casamento, que tinha tudo para estruturar sua vida, as coisas continuavam fora dos trilhos. Ele continuava carregando nos ombros e na mente todo o caos causado pela pandemia.

O relacionamento andava de mal a pior. A grande questão começou quando não conseguiram ter filhos. A luta para entender de onde vinha a infertilidade e a busca por tratamentos desgastaram a relação em apenas alguns meses. Não importava o que descobrissem: para o rapaz, ele era o culpado. Não conseguir engravidar a esposa foi como um gatilho, despertando a crise existencial que sentiu por não conseguir salvar todas as pessoas, nem sequer os próprios avós.

Os sonhos reveladores haviam cessado, mas os pesadelos tornaram-se uma constante. Li Chung tinha dificuldades para dormir e passava noites inteiras em claro, às vezes conversando sozinho. A esposa o levou várias vezes ao médico, que receitou ansiolíticos e remédios para combater a insônia. Melhorava por algumas semanas, mas logo voltava a sentir-se tenso e angustiado. Até que, certo dia, ele chegou ao ponto de agredir Ah-Kum, chamando-a por nomes nunca antes pronunciados. Dizia que ela era do outro mundo, e que estava ali para persegui-lo por não conseguir salvar vidas.

Não demorou para que ela decidisse voltar para a casa dos pais.

Abandonado, Li Chung não conseguiu outro emprego. Morava sozinho. Sem família, restaram alguns amigos que, com o tempo, sem saber o que fazer, pararam de visitá-lo. Passava noites a fio vendo televisão, às vezes com volume tão alto que incomodava os vizinhos. Falava palavrões e quebrava móveis. Foi denunciado para a polícia por causa de suas loucuras e levado algumas vezes sob custódia.

Uma senhora vizinha, chamada Annchi, se lembrava da época em que os recém-casados chegaram ao bairro, e do rapaz educado que era Li Chung. Sensibilizada, chamou os responsáveis por um centro de recuperação de doenças psicossomáticas do governo para avaliar o comportamento dele. Como desconfiava, o vizinho havia perdido a razão.

Só falava de extraterrestres, de um vírus letal, e que precisava transmitir a imunidade ou continuaria sendo perseguido por seres de outro mundo.

O marido da senhora Annchi não era a favor desse envolvimento com Li Chung, mas sabia que ele não tinha mais ninguém. Pensava que, se fosse com seu filho, Yan, gostaria que alguém ajudasse também. Apenas não conseguiam entender como as coisas haviam chegado àquele ponto. Mesmo assim, os dois tomaram providências para que o rapaz fosse internado no centro de recuperação, e toda semana passavam para ver como ele estava.

Nada parecia fazer efeito completo. Li Chung ficara menos agressivo, mas repetia o mesmo discurso.

Certa manhã, o encontraram estrangulado com os lençóis da cama, amarrados às grades da janela do quarto. Ele não havia conseguido superar a angústia pelas experiências vividas. Tinha sucumbido à pressão da mente e aos contatos com uma realidade que não conseguia entender. Certamente, aquelas poderosas conexões haviam embaralhado seu entendimento sobre a vida que acontecia na Terra e os conceitos que lhe foram passados naqueles contatos telepáticos.

Desde a desconexão, ele não falara mais com os parceiros. Sua morte passaria despercebida para a maioria das pessoas do mundo. Elas jamais saberiam que ele havia lutado para minimizar uma grande catástrofe no planeta. Para a sociedade, seria apenas mais uma pessoa que perdera a capacidade de se equilibrar emocionalmente nos trancos que a vida reserva para cada um.

Sua partida foi lamentada pela sra. Annchi. Os seres de outro planeta, que se comunicaram com Li Chung e os demais do grupo dos cinco imunizados, sabiam da possibilidade dessa fatalidade e enviaram toda energia e ajuda que puderam, mas não foi o suficiente. A verdade é que nem sempre compreendemos as decisões dos outros; o que prova que, na maioria das vezes, a vida corre sem que façamos ideia do tormento e do peso que cada um carrega em sua história e mente.

Capítulo XX

> Quando me perguntam: é verdade o que aconteceu em Roswell? Eu respondo: se te contar, tenho que te matar. Vamos deixar nossos segredos aqui.
>
> **Barack Obama**

James acordou e sussurrou no ouvido da esposa que já era tarde. Ela olhou o celular, conferiu que eram seis da manhã e bocejou.

O friozinho a convidava para continuar na cama; mas em um impulso de coragem, sentou-se, se espreguiçou alongando bem as costas e se levantou, espantando a lassidão. Era sábado, e a galeria de arte estava em reforma. Ficaria fechada por três dias, retomando as atividades na segunda-feira. Como era folga do marido no restaurante, haviam combinado de ir para o camping.

Walker completaria 8 anos em breve. Gostava de correr pelos espaços abertos e aproveitava a estada junto à natureza para extravasar sua energia. Saíram por volta das oito horas e chegaram quase ao meio-dia. James armou a barraca com a ajuda do filho, que corria de um lado para outro, pegando os grampos e puxando as pontas da corda. Uma aventura e tanto.

Claire improvisou o almoço no fogão portátil, e no final da tarde foram explorar o riacho que passava nos fundos da propriedade.

Voltaram para o acampamento tão cansados que até Walker adormeceu depressa.

Na manhã seguinte, fizeram um passeio de bicicleta, não tão extenso como as trilhas, mas que serviu para o filho tomar gosto pelo esporte. James usou uma bicicleta com garupa, e a diversão foi garantida para todos.

À noite no acampamento, depois do jantar, sentaram-se na frente da tenda e olharam para o céu repleto de estrelas. Walker estava encantado com a quantidade de pontinhos luminosos e perguntou:

– Papai, por que as estrelas ficam lá em cima? Elas não caem na Terra?

James acariciou seu cabelo loiro e respondeu:

– As estrelas estão muito longe. Elas não caem na Terra. Brilham para sempre no espaço.

– Será que tem gente vivendo nas estrelas, papai?

– É bem possível, meu filho. Existem outros planetas, e pode ser que sejam habitados por outras formas de vida.

– Essas outras formas de vida podem conversar com a gente?

A pergunta gerou uma sensação gelada na barriga de James. Poderia parecer inocente vindo de uma criança, mas era impossível não pensar no que acontecera quando o filho nasceu.

Não percebeu que o fitava sem dizer nada, até que o menino continuou:

– Sonhei que ouvia uma voz, não via quem era, mas ela me disse que não era daqui. Acha que quem falou pode ser das estrelas, papai?

James engoliu a saliva com dificuldade, ao mesmo tempo que seus batimentos aceleraram.

– É possível, Walker. Tudo é possível. Mas... o que mais essa voz disse? – ele quis saber.

– Foi só um sonho. Não tá acreditando, né? – o filho brincou.

James forçou um riso, porque o que mais faltava nele era humor.

– Sempre vou acreditar em tudo que me disser, filho. Em tudo! – respondeu, dando ênfase na última palavra.

Se o que achava estar destinado fosse verdade, Walker precisava saber que poderia contar com ele.

Mudaram de assunto, e James tentou disfarçar como estava impactado. Não sabia o quanto ele ouvira, e até quando acreditaria ser apenas um sonho. Vendo as coisas acontecerem, talvez fosse melhor que tivessem explicado qual seria a missão, ou dado garantias de que o filho estaria seguro. Se tinha uma coisa que já estava habituado, era não ter todas as respostas. No entanto, como pai, isso se tornava ainda mais desesperador.

Contou para Claire sobre a conversa, e ela desatou a chorar. O que acontecera no nascimento havia sido abafado pelos anos em que não tiveram mais contato. Ouvir Walker falando não apenas trouxe o assunto de volta, mas confirmou que era real, e só uma questão de tempo. Passaram a noite em claro, tentando achar alguma saída.

– Aquela Voz no hospital, quando Walker nasceu, disse algo sobre mil setecentas e vinte e oito luas após aquele dia. O que isso pode significar?

– Se for sobre as fases lunares... – ele começou a falar, mas parou e pensou um pouco. – Pelos meus cálculos seria quando ele tivesse uns 18 anos, mas não tenho certeza.

Claire bufou.

– Por que nada nunca é claro com esses seres?

James deu de ombros, mas também queria saber.

– Pelo menos sabemos que são seres do bem – respondeu, porque não sabia o que dizer para tentar acalmá-la, estando ele tão angustiado também.

– Bem para quem, querido? – a esposa ironizou, enquanto limpava as lágrimas com um lenço de papel.

Ele suspirou. Lembrou-se da pandemia e quantas vidas foram perdidas. Às vezes, até o bem precisava tomar medidas incompreensíveis.

Mas não tinham alternativa além de esperar.

Não houve clima para continuarem no acampamento. Na manhã seguinte, juntaram os apetrechos e foram para casa sob os protestos de Walker, que não sabia o que fervilhava em seus corações e, muito menos, o quanto isso o envolvia.

Cindy passou a fazer parte da MUFON. As várias conversas que tivera com o dr. Stuart e, depois, os muitos encontros com os diversos grupos de estudos reunidos fizeram com que seus relatos passassem a compor os registros da organização em relação aos aparecimentos de ETs. Os pesquisadores aprofundaram suas narrativas, buscando entender as conexões e os desdobramentos de suas ações. Por meio da indicação de Cindy, eles acessaram os perfis dos outros membros do grupo na internet.

Com exceção de Li Chung, que ainda não sabiam já ter falecido, e de Mário, que não retornou o contato, eles conseguiram interagir com os outros. James confirmou todos os relatos da colega, assim como Carlos, que corroborou tudo que ela dissera.

Para os estudiosos, o fato passou a ser considerado a maior evidência já registrada da conexão entre os seres humanos e os extraterrestres.

Convidaram Cindy para fazer parte dos grupos de estudo que pesquisavam sobre o tema, e quase sempre era requisitada a falar sobre isso em palestras e eventos.

Ela não entrava em detalhes quanto aos acontecimentos dos quais participara diretamente, levando sempre as suas considerações para o campo das possibilidades, e da efetiva capacidade dos ETs de se relacionarem com os seres humanos. Como ela detinha o conhecimento e a experiência de como, de fato, isso acontecia, seus testemunhos eram revestidos de grande credibilidade.

Ela acreditava que, dessa forma, contribuiria para tornar o ambiente menos fantasioso, e que talvez outras possibilidades de contato viessem a surgir.

Em seus estudos no centro de pesquisa da MUFON, e também em contato com outros estudos de referência, Cindy percebeu a complexidade que tinha diante de si.

Como esperar que a humanidade entendesse que o Universo era a soma do espaço e do tempo das mais variadas formas de matéria, e de como planetas, estrelas, galáxias e os componentes do espaço intergaláctico são todos, de alguma forma, conectados entre si? Que esse mundo, tão vasto e inexplorado, era, ao mesmo tempo, tão instigante e misterioso? Às vezes, frágil para suportar as intempéries constantes, mas sempre forte por existir e resistir por bilhões de anos, se transformando e se adaptando a cada necessidade.

Cindy conheceu Benjamim, que trabalhava numa agência governamental sobre estudos espaciais. Juntamente com o dr. Stuart, eles formavam um grupo de profundas discussões sobre o tema.

O dr. Stuart afirmava:

– Cindy, a maioria dos habitantes da Terra entende o termo Universo apenas em sentido contextual, como sendo o cosmo, o mundo, ou a natureza. Poucas pessoas fora da comunidade científica compreendem que a pequena extensão observável do espaço abrange apenas uma minúscula parcela do todo. Algo como quarenta e seis bilhões de anos-luz nos separa do que realmente imaginamos conhecer.

Benjamim interveio, de pronto:

– Dr. Stuart, não podemos esperar que o cidadão comum entenda essa complexidade. Está muito distante da capacidade de entendimento das pessoas em geral. Na minha opinião, a maioria nem se interessa por essas explicações.

– É verdade. Mesmo que o Universo seja governado pelas mesmas leis físicas e constantes, durante a maior parte de sua extensa história, há quem não compreenda. Percebem que as chuvas, as estações do ano e a atmosfera são constantes, mas não entendem o motivo e não se interessam por saber.

Cindy perguntou:

– E qual o futuro do Universo e das civilizações, dr. Stuart? Principalmente para nós, que sabemos ou imaginamos saber que existem outras formas de vida?

– É impresumível, Cindy. O que sabemos é que a ciência tem mostrado uma constante expansão do Universo. O cosmos está se expandindo a uma velocidade acelerada. Anteriormente, o número de galáxias girava em torno de cem bilhões, porém, em estudos mais recentes, e auxiliado por instrumentos mais precisos, como o super telescópio Hubble, esse número saltou para aproximadamente dois trilhões de galáxias. Os espaços vazios do Universo estão repletos de matéria escura, cuja natureza ainda é desconhecida.

Ela estava impressionada, e o assunto a fascinava. Benjamim provocou ainda mais o dr. Stuart:

– Isso nos deixa ainda mais vulneráveis do ponto de vista existencial. Nunca saberemos por que, de onde, e muito menos para onde vamos. Nem ao menos temos certeza da existência de outras formas de vida. Essa é a pergunta de um milhão de dólares, o senhor não acha?

Dr. Stuart não se deu por rogado:

– Na verdade, não. Para a maioria dos cientistas, essas formas de vida poderiam variar de organismos simples, como bactérias, até estruturas muito mais complexas e desenvolvidas do que nós, seres humanos. Já foi ventilado que vírus podem existir em meios extraterrenos. Algumas comunidades de estudiosos consideram que a vida extraterrestre é plausível apenas porque ainda não conseguiram uma evidência direta de sua existência.

– Bem, o que posso dizer é que presenciei eventos para os quais não consigo explicação. Mesmo sabendo que fomos guiados em complexas interações, isso ainda é um mistério para mim – desabafou Cindy.

Dr. Stuart explicou:

– Desde meados do século XX há uma contínua busca por sinais de vida extraterrestre. Existem relatos consistentes, como aqueles que você presenciou. Radiotelescópios usados para detectar sinais de civilização alienígenas, potentes telescópios que tentam encontrar planetas extrassolares, digo, fora da Via Láctea, que sejam potencialmente habitáveis. Espero que algum dia tenhamos uma resposta definitiva.

– Sinceramente, minha esperança é que possamos ter qualquer confirmação de que estamos no caminho certo, dr. Stuart – rebateu Benjamim.

– A vida extraterrestre tanto é possível como real. Ocorre que os humanos querem encontrar os habitantes de outras galáxias à sua imagem e semelhança, utilizando os mesmos princípios tecnológicos limitados de que dispomos. Para eles, os alienígenas são serezinhos cabeçudos, com olhos oblíquos e sem orelhas. Essa análise é, sem dúvida alguma, preconceituosa e ignorante. Não é possível imaginar que o ser humano seja a única forma de vida em um Universo tão vasto e complexo. Esse será o grande desafio do futuro. Tomara que possamos estar aqui para presenciar esses eventos – finalizou o dr. Stuart.

O que os cientistas não sabiam era que, fora do conhecimento convencional, uma outra forma de inteligência se movimentava na Terra, entre os seres humanos, há muitos anos. Por essa razão, muitos fenômenos estranhos aos conhecimentos terrenos sempre haviam sido relegados ao sobrenatural. Parte da consciência humana contestava o desconhecido, fosse da maneira mais óbvia, negando a existência do caso, fosse de forma ignorante, relegando o fato ao plano meramente especulativo. Poucos se davam ao trabalho de promover uma investigação e buscar entendimento científico.

Os alienígenas sabiam que isso, com certeza, atrasava o esperado contato com outras formas de vida, gerando incertezas e especulações. Por outro lado, tentavam entender os seres humanos desde os primórdios da civilização. Muitos eventos não explicados cientificamente levavam à perspectiva de que eles visitavam a Terra, interagiam e deixavam registros de suas passagens.

Inúmeros depoimentos de pessoas (acima de quaisquer suspeitas) deram origem a diversos documentários.

Avistamentos no céu, edificações pré-históricas, contatos telepáticos. Tudo fazia parte de extensas provas da presença de seres extraterrestres na Terra.

Quando Mário retornou ao Peru, sua mãe o recebeu com entusiasmo. Acreditava que ele jamais voltaria para a terra natal. Alguns anos antes, o pai de Mário havia falecido e ela ainda cuidava da propriedade com a ajuda dos outros dois filhos. Meses depois da chegada, sua mãe insistiu em saber o real motivo do retorno.

Mário não queria aprofundar em explicações:

– Não aconteceu nada mesmo. Eu e Tereza entendemos que criar Tomaz perto de vocês, da natureza e do lugar onde nascemos seria mais saudável para ele.

Não falou da grande aventura da qual tinha sido protagonista, juntamente com pessoas de outros países. Não faria sentido para sua mãe. Ela aceitou a explicação. Não valia a pena estender os questionamentos. O mais importante era a presença deles.

– Se esse é o seu desejo, meu filho, que Deus nos abençoe. Ficaremos juntos.

Ele a abraçou; e seu cheiro familiar, naquele ambiente tão nostálgico, aqueceu até a sua alma. Depois, falaram dos estragos da pandemia na região e rezaram pelos parentes que haviam perdido, lamentando a ausência e o vazio que deixaram.

Após alguns meses, ele retomou seu antigo ofício de guia turístico, atravessando com os turistas as montanhas de Machu Picchu. Sentia-se vivo e energizado naquela região sagrada, e cada vez mais tinha certeza de que fizera a opção certa.

Mário sabia que essa fuga não impediria que fosse encontrado por aqueles seres. Por algum tempo esperou novos contatos, se perguntou como estariam os outros e aguardou que algumas perguntas fossem esclarecidas. Como nada aconteceu, aos poucos foi seguindo em frente.

Sua vida fora marcada, seus conceitos mudaram, ele nunca mais seria o mesmo; mas a paz que emanava da sua terra natal foi mais forte, e aos poucos soube que era ali que deveria estar. Ele e a família estavam bem.

Carlos consolidou sua vida em Alto Paraíso. Seus filhos cresceram, e sua esposa cuidava de tudo com muita harmonia. Ela partilhava dos seus conceitos de que o Universo era uma aldeia global interligada pelas galáxias, e que tudo se conectaria em algum momento. A Terra era apenas um planeta entre tantos, onde a vida se desenrolava da forma que havia sido concebida, e próximo a outras estrelas certamente haveria vida inteligente. Esse entendimento da esposa, que acabou sendo transmitido para os filhos, deixava a alma de Carlos menos atormentada com os desafios que teria de enfrentar, e também sobre decisões futuras que tomaria.

Ele precisava ficar seguro de que sua família poderia suportar as novas provações que se avizinhavam. Era um entendimento pacificado de que havia alternativas de vida e de conectividade, facilitando, de certa forma, a aceitação de mudanças no status ora existente. Não era fácil, mas poderia ser menos doloroso, o que de alguma maneira confortava sua mente e seu coração.

A missão que havia sido desenvolvida durante aqueles meses, juntamente com seus parceiros, fora de fundamental importância para proteger a humanidade. Apesar das vidas perdidas e daquelas que ainda viriam a ser ceifadas, ele tinha certeza de ter contribuído para evitar uma catástrofe maior.

Carlos pressentia que alguns de seus antigos parceiros haviam fracassado, e outros buscaram formas de conviver com o tumulto mental causado pela experiência.

Era o ônus a ser pago, e nisso ele não podia intervir ou impedir.

Os seres humanos buscavam respostas para a maioria das coisas que não entendiam, como o início, o meio e o fim de tudo. De onde viemos, por que estamos aqui, e para onde vamos?

Essas dúvidas existenciais alimentavam as teorias sobre a origem da vida na Terra. Várias hipóteses já haviam sido aventadas, porém nunca se chegou a uma comprovação dos fatos. Na visão dos criacionistas, Deus criou todos os seres vivos, incluindo os seres humanos, como relatado na Bíblia. Essa é a ideia da origem da vida mais aceita por milhões de pessoas em todo o planeta.

Mas outros analisavam sob outra perspectiva. Na visão da panspermia, a vida na Terra poderia ter sido iniciada por partículas que chegaram do espaço. A hipótese baseava-se na ideia de que a vida fora trazida do espaço em meteoritos que abrigavam formas de vida primárias. O apoio a essa teoria residia no fato de que, cientificamente, já fora encontrada matéria de natureza orgânica em meteoroides e meteoritos, e de que havia organismos microscópicos conhecidos suficientemente resistentes para, em hipótese, suportar uma viagem espacial até a Terra, mesmo considerando que as condições que teriam de enfrentar fossem as mais extremas já cogitadas.

Segundo o filósofo grego Anaxágoras, existiam sementes da vida em todo o Universo. Desse modo, a vida poderia não ter sido originada aqui, e sim, ter chegado ao planeta depois.

Para além das teorias, os mecanismos exatos da origem da vida ainda eram extensamente investigados. Porém, existia um consenso entre os cientistas de que o surgimento da vida se deu a partir de matéria inanimada, um processo conhecido como abiogênese. Essa teoria defendia que um determinado ser vivo só poderia ter se originado de outro ser vivo da mesma espécie. Mas de onde vinha esse ser originário?

Ficava a pergunta para a qual ainda não existia a resposta: se existiam outras vidas e outros mundos, por que não estavam conectados? Que segredos existiam na imensa galáxia que habitamos? Essas dúvidas, desde os primórdios, inundavam de carência os sentimentos dos humanos.

Muitos se refugiaram na religião, outros nas crenças de que ao morrer encontrariam as respostas.

Complicado era quando alguns, com todas as suas dúvidas e incertezas, se deparavam com algo tão inesperado como o contato com seres extraterrestres e, ao invés de certezas, ficavam com ainda mais dúvidas. Antes, eles conviviam como todos os outros: com a certeza da finitude terrena, alimentada pela incerteza da vida após a morte. Depois dos eventos, eles ficaram sabendo que existiam outros seres, outras conexões, mas a dúvida era a mesma: de onde viemos, por que viemos e para onde vamos? Não encontraram a resposta.

Capítulo XXI

> Assim que os terráqueos consigam extirpar tradições e práticas que não agreguem valores a si e aos demais seres vivos, os extraterrestres poderão se aproximar e dialogar.
>
> Jwanka

James estava convencido de que seu filho fora escolhido para seguir como uma forma de conexão entre o mundo conhecido pelos humanos e aquela outra dimensão, desconhecida pela maioria dos habitantes da Terra. Não havia outra explicação para a presença daquela energia dentro do quarto no dia do seu nascimento. E enquanto ele crescia como qualquer garoto terráqueo de sua idade, James percebia que seus reflexos, sua inteligência e seu interesse por temas ligados a outros planetas eram cada vez mais substanciais. Durante os primeiros anos de vida, ele e Claire evitaram dar muita importância a esse fato; no entanto, após ouvi-lo falar sobre o possível sonho, precisavam saber como agir e orientar o menino.

Gostariam de entender a dimensão do que se passava em sua mente e, como pais, se preocupavam como isso poderia afetar o seu crescimento, a sua vida e o seu futuro. Mas o que fazer para evitar alguma coisa que estava por acontecer, ou antecipar uma fatalidade? Não tinham ideia. Como proteger o filho de algo que eles não conheciam?

James pensava em tentar um novo contato. Quem sabe seus antigos parceiros estivessem em conexão com a Voz, ou pudessem ajudá-lo em suas dúvidas a respeito de Walker.

Carlos havia dito que ele era o principal elo do grupo, mas talvez juntos chegassem em algum consenso. Quando estavam a sós, ele e a esposa se perdiam em divagações.

– Será possível que outras crianças tiveram contatos ou aparições com elas também?

James pareceu refletir um pouco e respondeu:

– Se for como aconteceu comigo, acredito que sim.

Ela arqueou as sobrancelhas.

– James, será que existem outras crianças envolvidas nisso? Vamos postar alguma coisa na internet, vai que alguém responde! Assim, não estaríamos sozinhos.

– Não sei. Você responderia? É do Walker que estamos falando.

Claire respirou profundamente.

– Provavelmente não. Teria receio até se fosse alguma coisa sobre livrá-lo disso. Melhor deixar quieto.

James pressionou os lábios e fitou a esposa. Não sabia o que dizer.

– Meu Deus, por que isso tinha que acontecer logo com a gente? – exclamou ela, abraçando o marido.

Ele então decidiu que tentaria contato com os antigos parceiros. Como já fazia alguns anos que não se comunicavam, talvez não estivessem dispostos a retomar antigas conversas, mas precisava tentar.

No final da tarde, após deixar o trabalho, James parou em uma praça a caminho de casa. Caminhou até encontrar uma árvore afastada o suficiente, para que nada o distraísse.

Sentou-se na sombra, encostou as costas na árvore, olhou em volta, sentindo um cheiro forte de grama recém--cortada e respirou profundamente. Não era algo que se esquecesse, mesmo que não o fizesse há bastante tempo. Fechou os olhos, concentrou-se e deixou a mente viajar. Quando sentiu que já estava conectado, arriscou falar:

– Olá, pessoal. Já faz alguns anos. Se alguém estiver por aí, gostaria de falar com vocês.

Bem, ele tinha vencido a inércia. Só não tinha certeza se a Voz permitiria estabelecer algum contato com os outros fora da missão.

Uma ansiedade enorme tomou conta de James. Começou a sentir um forte calor e a suar como no primeiro dia de terapia com a dra. Madelyn O'Hara. Depois de alguns minutos que pareceram uma eternidade, sentiu ondas invadindo seu subconsciente. Apertou os olhos, concentrou-se com mais força e sentiu a presença de alguém.

– Olá, James. Estou aqui. Aconteceu alguma coisa? – Cindy quis saber, enquanto se materializava na conexão.

– Mais ou menos. Não aconteceu ainda, mas gostaria de falar com vocês. Teve notícias dos outros?

– Não. Levei até um susto quando senti que nos chamava. Como antes só falávamos quando combinado, não sabia que era possível desse jeito.

– O que sentiu?

– Essa energia vibrante de quando estamos aqui. Como se já estivesse conectada. Não tive dúvidas, sentei, fechei os olhos, ouvi você falar e em seguida já apareceu para mim.

A presença de mais alguém começou a surgir e em instantes viram Carlos e Mário.

– Voltamos a nos conectar? Tem mais catástrofe vindo? – Mário questionou, assustado pela possibilidade.

– Foi James quem nos chamou, deve ter seus próprios motivos – disse Carlos, em seu tom tranquilo de sempre e fazendo um pequeno cumprimento com a cabeça.

Todos olharam para James.

– Será que Li Chung não virá? – James pensou alto.

– Li Chung faleceu – informou Carlos, sendo bombardeado pelos olhares dos demais.

– O quê? Como? – Cindy perguntou.

– Fomos escolhidos por termos características necessárias para completar a missão. Mas, no caso dele, a fragilidade humana superou todas elas. Após algum tempo em tratamento, ele não aguentou – explicou Carlos.

– O que quer dizer com "não aguentou"? – Mário perguntou, mas já sabia a resposta.

Todos sabiam. O silêncio que se seguiu foi ensurdecedor. Não havia como não pensar que poderia ter sido com qualquer um deles.

– Não havia como prever algo dessa magnitude? – perguntou James.

– A mente humana é instável por conter tamanho poder de escolha própria.

– Bom, claramente, não deveríamos ter tanto poder assim – Cindy pensou alto.

– Foi para falar sobre Li Chung que nos chamaram? – Mário perguntou.

– Na verdade, não. Eu nem sabia desse fato lamentável – James comentou.

– Aconteceu mais alguma coisa? – Cindy arregalou os olhos.

– Ah... não... eu espero... – respondeu James, inseguro. Olhou para Carlos, que o observava em silêncio. Então continuou: – Alguém teve mais alguma experiência com seres alienígenas?

– Nenhuma – disse Cindy

– Eu também não – reportou Mário.

Como Carlos não respondeu, James provocou:

– E você, brasileiro, não teve mais contatos?

– Tenho algumas informações que gostaria de passar para vocês. Se todos concordarem, poderíamos nos conectar amanhã, às seis da tarde?

Todos concordaram. Foram pegos tão de surpresa que James achou melhor esperar pelo próximo contato para falar sobre Walker, sonhando com a possibilidade de algo que pudesse livrar o filho daquela exposição.

Carlos sabia que estava ficando sem tempo e precisava conversar com os demais. Já havia antecipado os fatos para Nara, que não gostou nada daquilo. Na opinião dela, o marido não precisava dar atenção a pessoas que não passavam de estranhos.

– É importante para que eles entendam o sentido de tudo que aconteceu, querida.

– Mas não seria melhor deixar as coisas como estão?

– Haverá mais problemas no futuro, e precisarão do filho de um deles. E se fosse com nossos filhos? Não gostaria que, se alguém soubesse de algo, nos contassem?

Nara franziu o cenho, encarando o marido por alguns segundos.

– Se é isso que você acha, faça o que tem de ser feito – aquiesceu.

Falar dos filhos fora golpe baixo, mas ela precisava compreender a importância da atitude que ele estava prestes a tomar. Entendia que aquela era a melhor forma de colocar um ponto final nas especulações, e dar o mínimo de orientação e direção que fosse possível.

Carlos já vinha preparando há muito tempo o espírito dos filhos para o momento crucial de sua vida. Formavam uma família unida e presente em todos os momentos. José, o primogênito, era um rapaz de 16 anos, com os traços suaves e perfeitos da mãe. Calmo, compenetrado e muito atencioso, fazia sucesso entre os turistas, tratando todos com muito respeito.

A filha caçula, Maria, completara 14 anos e tinha muito do pai em sua genética. Cabelos longos encaracolados e gênio forte, mas ao mesmo tempo educada e amistosa. Não desgrudava da mãe, e participava de todas as coisas que ela fazia.

Carlos difundiu no seio da sua família o conceito da volatilidade da vida, como também o sentido do tempo para a permanência na Terra. Em várias conversas, buscava explicar os fundamentos sobre a existência humana.

– Todos os seres humanos, em algum momento, serão levados para outra dimensão. Não sabemos qual o destino, mas desde o começo da humanidade todos partem. Uns vão em viagens, outros se despedem com a morte. Sempre existe uma partida e uma separação.

Maria argumentou:

– Papai, nunca tivemos partidas em nossa família. Quando nascemos, nossos avós já não estavam aqui, e não temos nenhum parente que morreu.

– Sim, filha. Vocês são privilegiados, mas um dia todos partiremos. É a única certeza que temos.

José interveio na conversa:

– Na verdade, essa é a dinâmica da vida, mas considero que não seja justa. Construímos relacionamentos, afetos, e de uma hora para outra tudo pode ser perdido.

– Eu sei, meu filho. O mais importante é manter o equilíbrio. As pessoas devem praticar a tolerância, e o bem comum deve ficar acima dos interesses individuais. A inveja e a ganância devem ter seus tentáculos quebrados, e o ódio deve ser transformado em amor. Somente assim a humanidade terá uma chance de sobrevivência. O contrário disso é a fome, a destruição e o sofrimento, como já ocorre em vários cantos do planeta.

Nara, que cortava verduras na cozinha, se virou para eles e disse:

– Isso não é fácil de conseguir. Só será possível se houver o preparo intelectual e emocional das gerações futuras, por meio do ensinamento e do exemplo.

Esse era o mantra difundido por Carlos para sua família e entre os seus seguidores: que todos deveriam seguir o caminho do equilíbrio. A natureza era pródiga em mostrar para o homem esse caminho.

– Para vocês verem: povos antigos, há centenas de milhares de anos, já desenvolveram ensinamentos nesse sentido. A teoria dos cinco elementos, desenvolvida por Tsu Yen entre 350 a.C e 270 a.C., é um exemplo. Ela relaciona todos os fenômenos espirituais, emocionais, materiais e energéticos do universo a cinco elementos básicos: terra, metal, água, madeira e fogo. Assim como os processos emocionais do ser humano, esses elementos não existem isoladamente uns dos outros, e se influenciam mutuamente em uma interação dinâmica e constante. Dessa forma, segundo esta teoria, a água alimenta a madeira e a faz crescer. A madeira alimenta o fogo e o transforma em terra – cinzas –, o fogo domina o metal – significa que o derrete. Quando o ciclo de dominância se rompe, a desarmonia resultante pode ser vista em termos de uma "agressão" ou uma contra-predominância.

– Isso é muito interessante. Nunca tinha ouvido falar disso, mas faz todo sentido – concordou Maria.

– Tudo na vida tem um conceito de relatividade, minha filha. O ciclo de agressão é um exagero anormal do ciclo de dominação, em que um dos elementos é enfraquecido, provocando o elemento que, em circunstâncias normais, o impediria de invadir e enfraquecer ainda mais. Se você se fortalecer em torno dos pilares emocionais como o amor, a tolerância, a benevolência e a aceitação, assim como a natureza, a vida vai girar em volta de um eixo equilibrado e consistente – Carlos finalizou.

A missão que haviam desempenhado baseou-se na conexão de cinco elementos; no caso, seres humanos em prol de uma causa e guiado por uma força exterior inexplicável e poderosa.

Com a morte de Li Chung, a corrente havia se quebrado. O elo se partira, pela fraqueza emocional e espiritual de um de seus elementos. Por isso eles não conseguiram mais assumir nenhuma missão, e chegara a hora da verdade. A conexão se fazia novamente, por causa de um fato novo que mudaria suas vidas para sempre. Carlos estava ciente do desafio, e nada poderia mudar o que deveria ser feito.

Capítulo XXII

Olhe para as estrelas e não para os seus pés.

Stephen Hawking

James contou para a esposa como havia sido o contato, e a possibilidade de resposta os deixou ainda mais ansiosos.

Eles tentavam levar uma vida normal; no entanto, havia uma sombra pairando sobre suas cabeças. Uma sombra de dúvidas e incertezas quanto ao futuro do filho e, por que não, ao futuro do próprio casal. Não havia dúvidas de que Walker fazia parte, ou viria a fazer no futuro, de algo maior e desconhecido. Eles ficariam sem o seu amado filho? Como suportar essa incerteza e tamanha dor, se isso viesse acontecer?

– Chego a ter vontade de acabar com tudo. Desistir de viver.

– Não podemos ser fracos, querida. Deus não nos dá um encargo que seja maior do que nossas forças. Já chegamos até aqui, não podemos esmorecer – consolava James.

Claire chegara a pensar em ter outro filho. Se fosse menino ou menina, não faria diferença. Também nesse caso, ficava a grande dúvida: esse novo ser que eles viessem a conceber faria parte da mesma conspiração ou teria uma vida normal? Ela não teve coragem de seguir com o plano. Já tinha dúvidas demais para serem esclarecidas.

Cindy não dormiu direito naquela noite.

Por anos, ficara na expectativa de uma nova conexão que pudesse explicar muitos dos eventos dos quais participou. Procurou ajuda, iniciou estudos mais profundos, tudo na esperança de entender melhor esses mistérios, porém nada ainda dera resultado. Nas diversas pesquisas e nos fatos relatados pelos estudiosos, tudo que diziam eram conjecturas, possibilidades. No entanto, ela presenciara um evento real e tivera contatos que poderiam ser considerados efetivos. Ouviu as vozes no inconsciente, enxergou as luzes, sentiu a energia de forma clara e evidente. Esperava conseguir alguma ajuda no próximo contato com os colegas.

– Ben, não seria melhor esquecer essa conexão? Já faz tanto tempo que não nos falamos. Não sei o que teríamos para falar agora – disse ela ao namorado.

– Acho que vale a pena, Cindy. Vocês tiveram uma grande jornada juntos, e falar agora pode esclarecer muitas coisas – incentivou Benjamim.

– Se você acha, vamos ver o que isso traz de novo – finalizou ela.

Mário recordou toda aquela odisseia vivida em Barcelona. Na sua vidinha tranquila, carregando gente para um lado e para o outro, jamais imaginou que se envolveria com seres extraterrestres. O máximo de proximidade que tivera com atividades sobrenaturais foi quando presenciou, na adolescência, os exorcismos realizados por seu avô quando os camponeses eram acometidos por maus espíritos.

O velho havia aprendido essa técnica com os indígenas, e era muito respeitado na região. Curandeiro famoso, espantava os espíritos com suas rezas, a fumaça do cachimbo e muitas ervas nativas.

Esses eventos não chegaram a causar impacto na vida de Mário, pois faziam parte da tradição do povo andino. Conviviam com essas feitiçarias desde tempos imemoriais, e esses costumes passavam de geração em geração – diferentemente dos fatos vivenciados nos quatro meses daquela missão: contatos telepáticos, vozes no inconsciente, sonhos e abduções.

Após seu retorno à terra natal, Mário se ocupou de atividades simples, mas sempre pensava em retomar o contato com os antigos parceiros. Nunca se dispusera a procurá-los, até porque, dentre todos, ele era o mais tímido e reservado. Assim, não encontrou forças para propor um contato. Apesar da ansiedade, também não queria abrir novas feridas; fora um período curioso e que ele gostaria de esquecer.

Nas montanhas de Machu Picchu, encontrou a paz que ele e a família precisavam. Mas, se fosse para acontecer novamente, não haveria como impedir.

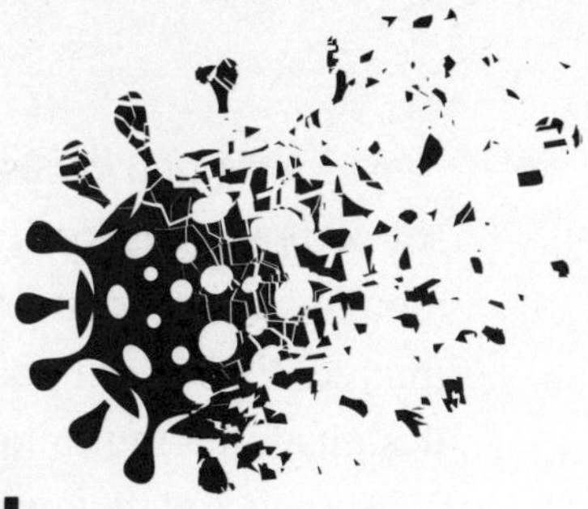

Capítulo XXIII

> Às vezes eu penso que o sinal mais forte da existência de vida inteligente em outra parte do universo é que eles nunca entraram em contato conosco.
>
> **Bill Watterson**

Na hora marcada, muitos anos depois daqueles eventos, sentir novamente a mesma energia, que impregnava suas mentes e viajava na imensidão do Universo, era uma experiência fascinante. Com os olhos fechados, cada qual em seu ambiente, eles conseguiam ver uns aos outros com extrema nitidez.

No entanto, de alguma forma, todos sentiram que alguma coisa estava faltando. Mesmo sabendo da ausência de Li Chung, percebiam que havia uma fragilidade na ligação entre eles. Era como se uma estação de rádio estivesse mal sintonizada, com o sinal variando conforme as ondas no espaço. Carlos iniciou a comunicação mental de forma tranquila:

– Boa tarde a todos.

Mentalmente, todos responderam ao cumprimento e aguardaram a continuação da conversa.

– Eu sei que vocês carecem de muitas respostas, e nem sei se posso responder a todas; mas preciso explicar-lhes algumas coisas. Em primeiro lugar, eu não faço parte desse mundo. Estou aqui por determinação superior, pela qual fui designado há muito tempo para ficar na Terra, aguardando o chamado para uma missão. Como vocês puderam ver na visita que fizeram ao Cosmos, somos uma comunidade pacífica que zela pelo bem da humanidade e de toda galáxia. Nosso poder, através da indução, possibilita nos incorporarmos em outras formas de vida. Assim foi a minha permanência na Terra. Nasci, cresci, criei família, tudo com o propósito de esperar a hora certa para perpetuar a permanência de nossa espécie em sinergia com os seres humanos.

Houve um momento de profundo silêncio, todos claramente tentando absorver a informação.

Cindy tinha os lábios abertos, em espanto. Veio tudo que ela estudava em sua mente.

– Você é um extraterrestre? – conseguiu perguntar.

Carlos olhou para os pés, tentando encontrar uma forma de explicar o inexplicável.

– Eu sou uma pessoa como outra qualquer, Cindy. Tenho os mesmos sentimentos e as mesmas dúvidas. Mas tenho também uma outra história, que se iniciou há muito tempo e vai se completar agora. Eu vim de outro lugar para cumprir uma missão na Terra, e ela já se completou. Agora, volto para um outro lugar, que na verdade eu não sei qual é. Mas estou tranquilo e confiante de que tudo ficará bem. Se sou um extraterrestre, eu não posso afirmar. Mas que sou diferente, isso eu concordo.

James estava estarrecido. Como nunca desconfiara? Na verdade, Carlos sempre parecia estar um passo à frente deles.

– Por que só está nos contando isso agora? – ele quis saber.

– Eu não podia falar antes, e vocês também não acreditariam. Foi importante que mantivesse minha identidade em segredo, para que pudéssemos trabalhar em conjunto.

Enquanto ele falava em suas mentes, Cindy estava incomodada com a familiaridade que sentia naquela situação. De repente, a voz dele chamou a sua atenção.

– Carlos, a Voz que nos transmitia as mensagens é a mesma que está falando conosco agora. Então, era você?

– Sim. Na verdade, eu fui o instrumento de ligação entre o Mestre e vocês. Naquela época, eu disse que havia uma ligação mental de fora, mas era para não deixar dúvidas de que o engajamento de todos seria a melhor forma de combater aquela calamidade.

– Mas você poderia ter dito que era um alienígena – foi a vez de Mário se manifestar.

– Não, Mário. Eu não podia. Tenho família, e não podia expor minha situação. Não sabíamos como receberiam essa informação, e o foco era a missão.

– Então foi por isso que você soube do Li Chung? – Cindy verbalizou seus pensamentos.

– Eu sei de tudo que acontece. Inclusive em relação a vocês – respondeu Carlos.

O silêncio preencheu o ambiente mais uma vez, mas nas mentes dos demais o barulho era palpável.

Uma em especial.

– Você pode me explicar a razão daquela luz ter visitado o quarto no dia do nascimento do meu filho? E por que ele falou de algo que aconteceria em mil setecentas e vinte e oito luas?

– Sim. Nós estávamos lá. Foi assim que eu também cheguei na Terra. Nascendo em uma família normal, mas sabendo que teria uma missão aqui. Seu filho tem uma parte de nós dentro dele, assim como milhares de crianças no mundo inteiro. Não se preocupe, que nada de mal acontecerá com ele. Nem doença, nem desvarios psicológicos, nada. Ele crescerá como qualquer criança, vai estudar, poderá casar e ter filhos. Aos 18 anos, será chamado para a missão dele. Terminada a missão, talvez fique na Terra para sempre, ou quem sabe, possa ser chamado de volta como estou sendo agora. Tudo dependerá de como as coisas acontecerão. Conforme for crescendo, vamos nos comunicando com ele, orientando-o e preparando-o.

– Mas como vamos criá-lo, sabendo que ele não é igual aos outros?

– Vocês também não são. Todos aqui sabem que existem vidas extraterrenas e se relacionaram com elas. Ele vai crescer normalmente. Aos poucos, de forma natural, poderão conversar com ele sobre isso. Por enquanto ele está confuso, mas estamos com ele; e vamos deixar claro que ele pode confiar e contar com você.

James assentiu com a cabeça. De alguma maneira, Carlos conseguiu colocar um pouco de paz no coração dele.

– Mas e você? O que vai fazer agora? – perguntou Cindy, e mal piscava, não querendo perder nada daquele momento.

– Eu preciso partir.

– Qual o sentido de tudo isso? – questionou Mário.

– Talvez o sentido possa ser a busca da perpetuidade, da relação entre as várias espécies que habitam o Universo. Eu não conheço o mundo exterior. Mesmo vindo de outra galáxia, eu nasci aqui. Só não desenvolvi o medo de coisas extraterrestres porque no meu subconsciente sempre soube que existia vida lá fora.

– Mas como você sabe que seu tempo aqui está acabando? – Cindy na verdade queria pedir que ele ficasse, que a ajudasse em suas pesquisas.

– Recebi uma mensagem telepática avisando que devo ir embora. Não sei como isso acontecerá, mas já fui informado. Por isso procurei falar com vocês novamente. Para tentar explicar como tudo aconteceu, e lhes dizer que vocês não devem ter medo. A convivência com os terráqueos, para nós, é uma missão de paz e prosperidade. Nada será feito para o mal dos habitantes da Terra, e sim para encontrar formas de coabitação harmônica e amistosa.

– Teremos outros contatos com vocês? – Mário queria se precaver e saber como orientar sua família também.

– A nossa conexão se encerra hoje. Para que haja outra, precisaríamos de cinco elementos e uma força externa. Como Li Chung não está mais aqui, e eu também não estarei, o grupo ficará incompleto. Caso sejam chamados novamente, haverá uma nova configuração.

– Não entendo. Então poderemos evitar outros males que ainda surgirão? O que significa ser chamado em mil setecentas e vinte e oito luas, como nos falaram no nascimento do meu filho? – James sentiu a esperança de poder ajudar Walker na missão.

– Haverá uma nova pandemia, uma calamidade horrorosa em mil setecentas e vinte e oito luas a contar do nascimento de Walker. Ou seja, daqui a dez anos. Muitos serão chamados para ajudar. Seu filho será um deles. O que aconteceu com vocês os marcou para sempre. Vocês possuem a capacidade de penetrar nas mentes das pessoas, desde que a conexão seja feita da forma correta. Podem sim ser de grande ajuda nas próximas missões – Carlos respondeu os pensamentos de James.

– E para onde você vai? Como será essa viagem? – Cindy insistiu em obter mais informações.

– Como eu disse antes, não sei realmente o que vai acontecer. Apenas que minha hora de voltar está chegando. Foi a mensagem que recebi.

– Mas como sua família justificará que não está mais aqui e não faleceu? – Mário ainda estava inconformado.

– Eles não precisarão dar justificativas a ninguém. Com o tempo, as pessoas se acostumarão com minha ausência.

James não estava satisfeito com as explicações dadas por Carlos. Era bastante estranha a sua história de ter sido "plantado" na Terra durante o nascimento de uma criança, e ficar todo esse tempo esperando ser chamado para uma missão. Também não era convincente a sua teoria de que agora estava sendo chamado para retornar ao seu habitat original.

Mas pensou melhor e chegou à conclusão de que nada era convincente naquela história toda. Seres extraterrestres que falavam por telepatia, habitantes de outros planetas vivendo na Terra como se fossem seres humanos, constituindo famílias, trabalhando, construindo casas, participando das emoções e do modo de viver de outras pessoas.

Por outro lado, tudo se encaixava. Qualquer teoria que pudesse ser adotada para explicar os eventos que eles tinham vivido esbarrava na conectividade dos fatos. Houve realmente uma pandemia. Milhares de pessoas foram salvas, outras tantas morreram e ainda morreriam. Tudo conforme havia sido informado, mesmo antes de acontecer. Carlos sabia de todas as coisas que aconteceram, e parecia já saber de algumas que ainda aconteceriam. Conectara a todos mentalmente mais uma vez, trazendo todas aquelas informações, e provando que os fatos vividos e presenciados foram uma realidade indiscutível.

Se analisados friamente, os sonhos, as aparições e o contexto de todo o evento poderiam até ser difíceis de acreditar, mas James achava impossível de duvidar.

– Que loucura! – James soltou e, olhando para Carlos, continuou: – Aonde tudo isso vai nos levar?

– Não sei responder. A única coisa que posso dizer é que tudo faz parte de uma força maior, coordenada para melhorar o conhecimento e a conexão entre as várias formas de vida do Universo.

O sinal ficava cada vez mais fraco e as imagens foram desaparecendo. De repente, todos se desconectaram, e cada qual ficou sozinho com seus pensamentos e suas conjecturas. Continuavam com mais dúvidas do que respostas. Pelo menos, seguiam com a certeza de que não estavam sonhando, e muito menos sozinhos.

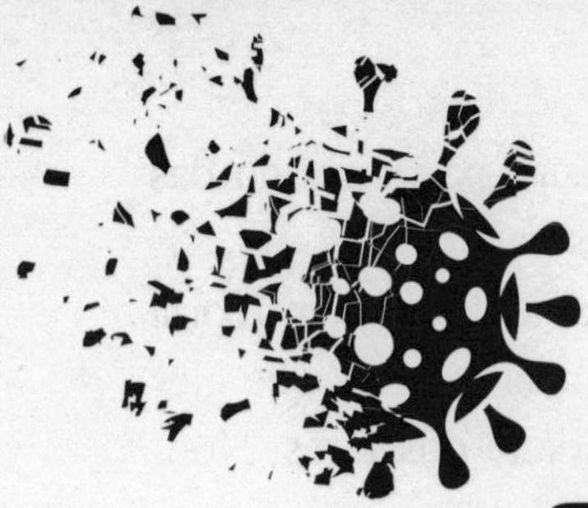

Capítulo XXIV

Muito longe de sermos incrédulos, não podemos dar-nos o luxo de ser demasiadamente crédulos.

Erich von Däniken

Carlos recebeu uma mensagem telepática enquanto dormia. Chegara o momento de encarar seu destino. Estava na hora de voltar para o mundo de onde havia saído há mais de trinta e cinco anos.

Levantou-se, caminhou até a cozinha e bebeu um pouco de água. Consultou o relógio de pulso: passava das duas horas da manhã. Voltou ao quarto e acordou a esposa.

Assim que abriu os olhos, Nara soube pelo olhar do marido que chegara o tão temido momento. Por mais que ela e os filhos tivessem sido preparados por anos, não queriam ficar sem Carlos.

Juntos, foram até o quarto de José. O rapaz estava sentado na cama; levantou-se e abraçou o pai por alguns segundos. Não disse uma palavra. Quando ele saiu, acompanhado pelo filho, Maria estava em pé na porta, junto com a mãe. Se pendurou em seu pescoço, chorando baixinho, e disse:

– Papai, você sabe o quanto o amamos. Nunca se esqueça disso.

Ele a olhou nos olhos e assentiu calmamente. Não estava emocionado. Sentia por ter que deixar a família, mas fora preparado para isso a sua vida inteira.

Caminharam em silêncio até o jardim. Cada um em seu universo particular, com seus pensamentos e angústias, imaginava a vida dali para frente.

Nara recordava de quantas noites ficara em vigília, observando os filhos e sabendo que um dia isso aconteceria. Quando namoravam, Carlos dizia que um dia faria contato com seres extraterrestres e que iria para um local distante. No começo, ela achava que eram fantasias; depois, com o tempo, ele foi explicando a forma como tudo aconteceria; e, mesmo com algum ceticismo, ela gravava na mente aquelas ponderações. Quando os filhos ficaram maiores, Carlos fez uma conexão telepática entre eles; e então todos puderam ver e sentir o que ele sabia.

Se abraçaram ainda em silêncio. Carlos e Nara criaram os filhos de uma maneira em que tudo era vivido intensamente, já que não sabiam quando esse dia chegaria. Naquele momento, não havia nada que já não tivessem falado.

Ele se afastou um pouco, olhou a família e foi caminhando de costas, se distanciando, sem perdê-los de vista. Os três choravam, abraçados.

O que mais havia impactado no crescimento deles fora a mensagem deixada pelo pai: amor acima de qualquer coisa, tolerância para conviver e aceitar as diferenças, resiliência para vencer as adversidades, determinação para não desistir das coisas facilmente, esperança para acreditar que dias melhores sempre surgiriam e, acima de tudo, fé: na vida, no próximo e em Deus, fosse Ele da forma que escolhessem acreditar.

Na noite anterior, ele havia recebido instruções de como tudo aconteceria. Deveria se dirigir ao platô do Santuário Volta da Serra às três horas da manhã. De lá, ele seria conduzido para o seu novo destino.

Quando Carlos sumiu de suas vistas, os três entraram. Sabiam que a partir dali não o acompanhariam mais.

Nara chamou os filhos até a beirada da piscina. Ela deitou-se numa espreguiçadeira e os filhos recostaram cada um de um lado, segurando sua mão. Uma estrela brilhante cortou o azul do céu e desapareceu no infinito. Três pingos de lágrimas escorreram pela sua face e molharam a terra a seus pés.

O destino se cumpria.

EPÍLOGO

> Acredito que a vida na Terra está diante de um risco cada vez maior de ser destruída por um desastre, como uma guerra nuclear repentina, um vírus geneticamente criado ou outros perigos.
>
> **Stephen Hawking**

O tempo passou, e nada indicava que os contatos com seres alienígenas voltariam a acontecer. Cada membro dessa odisseia procurou seguir o seu caminho da melhor forma que pôde.

James e Claire acompanhavam o crescimento de Walker, sempre contando histórias sobre as experiências do pai para que, conforme o filho fosse recebendo orientações dos outros seres, se sentisse confortável para dividi-las com eles. Já se preparavam para qualquer que fosse a próxima missão.

Após os esclarecimentos do último contato, eles adquiriram mais confiança e decidiram encomendar um novo bebê. Claire esperava uma menina, que chegaria em breve e iria se chamar Flora.

Cindy seguiu com seus estudos e se aprofundou cada vez mais nas pesquisas sobre as possibilidades de vida em outras galáxias. Alguns anos depois casou-se com Benjamim, e continuaram estudando as conexões espaciais junto aos membros da MUFON. Planejavam ter filhos. Conversavam abertamente sobre os episódios passados, e muitas vezes se imaginavam fazendo contatos com inteligências superiores e complementares ao desenvolvimento da humanidade. Suas ideias eram convergentes, por isso estabeleceram uma convivência harmoniosa em relação às crenças em vidas extraterrestres. Gostariam de um dia serem abduzidos.

Elvira continuava morando e trabalhando em Quincy. Quando Cindy viajava, ela cuidava de Jack. Nos finais de semana assistia aos programas sobre alienígenas, e passou a acreditar que seu esposo havia sido abduzido e que, a qualquer momento, iria se encontrar com ele.

Mário e a família nunca mais saíram de Machu Picchu. Em noites de lua clara, ele contava para os netos as aventuras que tinha vivido com os seres alienígenas. Gostava de dizer que viajara por entre as estrelas, e que a Terra vista de cima era uma visão nunca imaginada. Os netos o tratavam como um astronauta, e ele acabou virando uma atração turística na região. Algumas agências de viagem até colocavam como parada obrigatória em seus destinos uma visita ao restaurante que ele administrava com a família.

A família de Carlos também permaneceu em Alto do Paraíso, no Planalto Central. A Pousada do Futuro passou a ser o endereço mais procurado da cidade. Para se hospedar em suas dependências, a reserva deveria ser feita com seis meses de antecedência. No local, as pessoas experimentavam as comidas típicas feitas pela proprietária; os passeios eram conduzidos pelos filhos e guias especialmente treinados. No platô que sabiam ter sido o último destino de Carlos, construíram um memorial que se tornou um dos locais de maior visitação dos turistas. Ali se contavam incríveis histórias; cada pessoa adicionando os detalhes que achavam convenientes, mas sempre com o mote principal de que aquelas paragens eram visitadas por seres alienígenas.

NOTA

Esta é uma obra de ficção. Todos os personagens foram criados conforme a imaginação do autor. Os fatos e relatos não fazem parte de nenhum estudo científico ou de qualquer investigação de contatos, experiências ou teorias sobre a existência dos seres extraterrestres. O autor não evidencia que seres de outros planetas vivem entre os seres humanos, muito menos que façam contatos através do subconsciente das pessoas. Também não indica que fatos ocorridos na Terra possam ter influências de seres alienígenas, para o bem ou para o mal.

Especificamente no caso da covid-19, a pandemia foi e continua sendo uma realidade. Num planeta de quase oito bilhões de pessoas, houve setecentos milhões de contaminados e mais de seis milhões de mortos. Isso afetou a vida de milhões de seres humanos ao redor do mundo. Poderia ter sido muito pior. Com absoluta certeza, algo de muito especial aconteceu para proteger a humanidade.

Entretanto, a narrativa sobre a origem do vírus e a sua disseminação faz parte de uma teoria ficcional.

Não deixa de ser relevante o fato de o autor ter convivido com a pandemia e ter presenciado o sofrimento de pessoas infectadas. Algumas perderam a vida nessa luta. Ele, particularmente, experimentou a solidão do isolamento, o questionamento sobre a fragilidade do ser humano e da efemeridade da vida. Existem milhões de pessoas em todo o mundo que tiveram suas vidas destruídas por essa enfermidade, e as sequelas, tanto físicas como emocionais, serão carregadas para sempre.

A existência de vida extraterrestre é objeto de investigação por diversas entidades de renome internacional. Muitos fatos e observações, bem como depoimentos de autoridades e cientistas, fazem referência à possibilidade de existência de vida inteligente em outras galáxias. Na opinião do autor, o Universo é uma grande oportunidade para a existência de outras formas de vida, que um dia poderão ser desvendadas.

As citações de autores e personalidades públicas na presente obra dizem respeito ao que disseram, e preservam a originalidade de suas respectivas opiniões.

CITAÇÕES
(por ordem alfabética)

A.J. Gaverd – Ufólogo brasileiro, editor da Revista UFO. Publicou no Centro Brasileiro de Pesquisas de Discos Voadores, entidade da qual também foi fundador e presidente. Também foi diretor brasileiro da Mutual UFO Network.

Adam Fowler – Especialista em TI da Microsoft há mais de 15 anos. Ajudou a desenvolver tecnologias como Exchange, e Lync/Skype for Business, além do Windows Server and Desktop, Azure Active Directory, Microsoft Teams e Office 365/Office Suite.

Barack Obama – Advogado e político norte-americano. 44º Presidente dos Estados Unidos, de 2009 a 2017, sendo o primeiro afro-americano a ocupar o cargo.

Bill Watterson – Cartunista estadunidense, autor das tirinhas *Calvin e Haroldo*.

Carl Sagan – Cientista, físico, biólogo, astrofísico e ativista norte-americano, com mais de seiscentas publicações científicas e mais de vinte livros científicos e de ficção publicados.

Charles Joseph Camarda – Astronauta norte-americano que foi ao espaço a bordo da missão STS-114 da NASA, no primeiro voo dos ônibus espaciais após a tragédia com a nave Columbia, em 2003.

Eric Idle – Comediante, ator, diretor, cantor e guitarrista inglês.

Erich von Däniken – Teórico, escritor e arqueólogo suíço, mundialmente conhecido por escrever o livro *Eram os deuses astronautas?*

Gabriel Goldman – Pensador.

Giorgio A. Tsoukalos – Personalidade da televisão, produtor e escritor suíço. Ele é defensor da ideia de que astronautas alienígenas interagiram com os antigos seres humanos. Ele é mais conhecido por suas aparições na série de televisão *Alienígenas do passado*.

Isaac Newton – Matemático, físico, astrônomo, teólogo e autor inglês amplamente reconhecido como um dos cientistas mais influentes de todos os tempos e como uma figura-chave na Revolução Científica.

Jwanka – Nascido em Blumenau (SC), faz parte do site *Frases Famosas*, com *tags* socias de grande relevância.

Mário Quintana – Poeta, tradutor e jornalista brasileiro.

Nathan Myhrvold – Ex-diretor de tecnologia da Microsoft, é cofundador da Intelectual Ventures.

Richard Dawkins – Etólogo, biólogo evolutivo e escritor britânico.

Robbie Willians – Cantor, compositor e ator britânico. Está na lista da revista *Rolling Stones* (2016) como um dos cantores mais bem-sucedidos do mundo.

Ronald Reagan – Ator e político norte-americano. 40º Presidente dos Estados Unidos e 33º governador da Califórnia.

Stephen Basset – Ciclista profissional estadunidense.

Stephen Hawking – Físico, teórico e cosmólogo britânico, reconhecido internacionalmente por sua contribuição à ciência, sendo um dos mais renomados cientistas do século XX.

Tom Cruise – Ator e produtor de cinema norte-americano, tem origem irlandesa. Listado pela revista *Forbes* como a celebridade mais popular de 2006, indicado por três vezes ao Oscar e vencedor de três Globos de Ouro.

Wernher von Braun – Engenheiro alemão. Uma das principais figuras no desenvolvimento do foguete V-2 na Alemanha nazista, e do foguete Saturno V nos Estados Unidos.

Edição: 1ª
Fonte: Times New Roman